BRASIL DE ARREPIAR

TONI BRANDÃO

ORRAMEU!

A NOITE MAIS PERIGOSA DO MUNDO

IBEP

© Editora IBEP, 2016

Edição Célia de Assis e Camila Castro
Revisão Beatriz Hrycylo
Salvine Maciel
Projeto gráfico Departamento de arte IBEP
Ilustração de capa Fido Nesti
Finalização de arte Tomás Troppmair

CIP-BRASIL. CATALOGAÇÃO NA PUBLICAÇÃO
SINDICATO NACIONAL DOS EDITORES DE LIVROS, RJ

B819o

Brandão, Toni
Orrameu! A noite mais perigosa do mundo / Toni Brandão. - 1. ed. - São Paulo : IBEP, 2016.
(Brasil de Arrepiar)

ISBN 978-85-342-4831-0

1. Ficção infantojuvenil brasileira. I. Título. II. Série.

16-31661   CDD: 028.5
                                        CDU-087.5

28/03/2016 28/03/2016

Esta é uma obra de ficção.
Qualquer semelhança
com nomes, lugares ou
acontecimentos reais terá
sido mera coincidência.

1º edição - São Paulo - 2016
Todos os direitos reservados

IBEP

Av. Alexandre Mackenzie, 619 – Jaguaré
São Paulo – SP – 05322-000 – Brasil – Tel.: (11) 2799-7799
www.editoraibep.com.br editoras@ibep-nacional.com.br

Reimpressão Março 2022, Gráfica Impress

Para os meus queridos Ana Clara e Leonardo e para minha querida irmã Mirtes (a "Didi" de Ana Clara e Leonardo), que me emprestaram seus nomes e sua maneira de ver o mundo.

... ela fica cheia de mistério.
"Esse tal de Roque Enrow", Rita Lee e Paulo Coelho

O PARQUE MUNICIPAL

TEM COISAS QUE acontecem por acaso. Outras, parece que não. Agora, tem algumas coisas que é difícil acreditar que não sejam de propósito.

Mal Didi parou seu carro no estacionamento do museu, no Parque do Ibirapuera, Ana Clara, Léo... suas bicicletas e seus fones de ouvido pulam do carro. Ou melhor: Ana Clara, Léo, as *bikes*, os fones... e "Marcão" pulam do carro!

– ... ele vai babar no banco inteiro.

O mau humor de Didi deixa Léo irado e os seus cabelos curtos ainda mais arrepiados. O garoto rebate o mau humor tirando do banco de trás o cachorro preto, e ainda filhote, que não consegue parar de se mexer e de abanar o rabo.

– Didi, os bancos do seu carro são de couro. Se ele babar e a baba vazar da toalha que tá cobrindo o banco, é só passar um pano. E mais: eu não disse que, se ele sujar, eu limpo?

– Mas e o cheiro, Léo? Cheiro não se limpa.

A insistência mal-humorada de Didi entristece Léo.

– Cheiro passa, Didi...

A tristeza de seu dono faz com que Marcão se abaixe, encolha as patas e coloque o rabo entre as pernas, como se estivesse com medo.

– ... se pra você o cheiro do meu cachorro é tão desagradável, por que me deixou trazer o Marcão?
Três segundos de silêncio para Didi reconhecer que está exagerando. Mais dois segundos para ela ter coragem de se desculpar...
– Estou meio estressada... Acho que foi o trânsito que nós enfrentamos pra chegar até aqui... Mil desculpas, Léo.
Fazendo carinhos para acalmar seu cachorro, Léo reconhece que ele também deve pedir desculpas. Os carinhos fazem efeito. Marcão se espicha sobre as patas e volta a abanar o rabo comprido.
– Foi mal, Didi... Acho que, como é a primeira vez que eu tô saindo com o Marcão, eu também tô meio tenso.
– Primeira vez?
– Só agora, que ele fez quatro meses e acabaram as vacinas, é que o veterinário liberou o Marcão para passeios longos.
– Ah...
Assim que sela com o "ah!..." o seu entendimento sobre a explicação do sobrinho, Didi se assusta!
– Cadê a Ana Clara?
Desde que saiu do carro, Didi não ouviu a voz da sobrinha.
– Tô aqui.
A voz, vinda de baixo, alivia Didi. Um alívio passageiro, pois o tom de Ana Clara soa a Didi um tanto quanto distante.
– O que foi, Ana Clara?
Ana Clara, que estava abaixada e concentrada em sua bicicleta, se levanta e encara a tia com um sorriso.
– Eu estava conferindo o pedal esquerdo da minha bicicleta.
Léo se interessa!
– Conferindo o pedal?

– Parecia que tinha algum parafuso solto.

Agora, sim! O tom de voz e a maneira segura de falar da garota tranquilizam Didi. Mas, ao mesmo tempo, chamam ainda mais a atenção de Léo. E o garoto tenta vasculhar o olhar da prima, buscando achar algum tipo de cumplicidade com a atenção dele. Ana Clara abaixa os olhos e confere se as pontas de suas tranças negras estão bem presas, como se quisesse disfarçar que entendeu perfeitamente o investigador olhar de seu primo. Léo fica mais intrigado.

– Pedal solto é perigoso.
– Não tá solto, não, Léo.
– Melhor eu conferir.
– Eu já conferi.
– Você não entende nada disso.
– E você entende?
– Segura aqui a guia do Marcão.

Contrariada com o machismo do primo, Ana Clara aceita a guia do cachorro, até porque ela está morrendo de ciúme do Léo, que ganhou um cachorro antes do que ela.

– Vem cá, fofão...

Já abaixado e conferindo o pedal da bicicleta de Ana Clara, Léo resmunga.

– Não chama ele assim.
– Por quê?
– Não quero que o meu cachorro fique *gay*.
– Preconceituoso!

Antes de responder, Léo faz uma expressão de garoto que está se achando o máximo dos máximos.

– Não é preconceito. É estilo!
– Ignorante!
– Não me provoca...

Léo se levanta. Como não tem mais o que dizer, ele deixa o assunto preconceito-ignorância de lado.
– ... Tá tudo certo com o pedal.
– Eu já sabia.
– Agora você tem certeza.
– Pretensioso.
– Mal-agradecida.
Didi resolve ser ironicamente didática.
– Vamos passar a tarde inteira aqui nesse teste de forças? O museu fecha às cinco.
As duas frases de Didi são mais do que suficientes para Ana Clara e Léo porem em prática o plano que vinham traçando durante o caminho: eles colocam os fones brancos nas orelhas, prendem os aparelhos na cintura das bermudas, Ana Clara sobe em sua bicicleta, Léo prende a guia de Marcão perto do guidão...
– Não acredito que você vai fazer isso com o Marcão, Léo!
– Isso o que, Didi?
– Você vai fazer o coitado correr ao lado da sua bicicleta no primeiro passeio da vida dele?
Léo está tão confuso quanto eufórico.
– Todo mundo faz isso.
– Mas o bichinho não vai aguentar, Léo.
– Eu disse pro Léo, Didi.
– Não se mete, Ana Clara. O cachorro é meu.
– Léo!
– Foi mal, Didi... pode deixar que eu vou devagar.
Léo sobe na bicicleta. Didi confere as horas no celular.
– Três e meia... Cinco horas aqui?
– Cinco horas aqui.
– Hum-hum.
– Conferiram as baterias dos celulares?

— Conferi.
— Hum-hum.
— Então, se eu precisar falar com vocês, eu chamo...
Pelo controle remoto que está no chaveiro, Didi trava as portas do carro acionando o alarme.
— ... Não aceitem nada de estranhos. Não falem com ninguém... Não deem o número do telefone...
— Se liga, Didi!
Quem protesta, desta vez, é Ana Clara.
— Tenho que fazer essas recomendações.
— Depois de tudo o que nós já passamos juntos, é até engraçado você tratar o Léo e eu como garotos normais.
— É isso aí, Didi!
— Que milagre! O Léo concordou comigo!
— Deixa comigo, Didi. Qualquer coisa eu te chamo pelo celular.
Depois de impulsionar o pedal para dar a arrancada na bicicleta, Léo chama a prima.
— Vem, Ana...
Contrariada por não ter sido a primeira a arrancar, Ana Clara pedala mais depressa e ultrapassa o primo.
— Não pensa que você vai ficar me guiando o passeio inteiro...
Em poucos segundos, Didi já ficou para trás e os dois primos e Marcão vão por uma das alamedas do parque.
— ... Ouviu o que eu falei, Léo?
— Ouvi, mas é como se eu não tivesse ouvido.
— Eu detesto quando você fica assim... com esse ar superior.
— Problema seu.
— Vai mais devagar... o Marcão tá com a língua pra fora.
— Cachorro tá sempre com a língua pra fora.
— Nem sempre.

A tarde de outono ensolarada deixa as alamedas do parque ainda mais bonitas.

Algum tempo depois...
– O Marcão tá adorando o passeio.
– Não vejo a hora de ter um cachorro também. Léo prefere não dizer nada.
– Passou filtro solar, Léo?
– Passei. Óbvio.
– Qual fator?
Claro que Léo percebe que Ana Clara está provocando.
– Sete mil trezentos e oitenta.
– Bobo.
– Por falar em bobo, pensa que eu não vi?
Ana Clara sabe muito bem sobre o que o primo está falando.
– Viu o quê?
– Não se faça de desentendida.
– Não tô entendendo mesmo.
– Quando eu falei sobre o parafuso da sua bicicleta...
– O que é que tem?
– Você também sonhou com uma chuva de parafusos enferrujados, não sonhou?
A garota dá uma pequena derrapada, mas não chega a perder o equilíbrio. Léo finge que não percebe.
– Sonhei com o quê?
Vendo que a prima prefere deixar as coisas como estão, o garoto se irrita, mas respeita.
– ... Acho melhor eu ouvir música.
– Eu tô fazendo isso desde que a gente começou a pedalar.
– Mal-educada.
Léo aperta o *play* e o passeio segue em silêncio.

Mais algum tempo depois, quando passam pelo prédio da Bienal, em um dos cantos do parque, o movimento de pessoas chama a atenção dos primos. Mesmo sendo um dia de semana, o parque está relativamente cheio.
— Será que está tendo alguma exposição?
— Como é que eu vou saber, Ana?
Ana Clara está cada vez mais irritada com o grau de provocação do primo.
— Tô com sede, Léo.
— Eu também... e acho que o Marcão também.
— Vamos parar no próximo bebedouro que aparecer.
— Logo ali na frente tem um bebedouro duplo, pra gente e pra cachorro.
Quando chegam, ele está praticamente vazio. Só tem uma senhora muito magra e bastante idosa começando a beber água; na parte para humanos, claro! Ela sorri para Ana Clara e Léo. Por trás dos óculos que imitam casco de tartaruga, os olhos da senhora brilham muito. Os lábios dela estão pintados de rosa. O perfume dela é muito agradável; lembra alguma fruta. Mas Ana Clara não se lembra qual.
— Quer beber primeiro, filha?
Ana Clara devolve o sorriso para a senhora.
— Não senhora, obrigada. Pode beber antes.
Enquanto Léo solta a guia de Marcão do guidão da bicicleta, Ana Clara confere interessada mais alguns detalhes da senhora que se curvou sobre o bebedouro: ela está usando um *tailleur*, um conjunto de saia e blusa, preto e branco, muito elegante. Mais elegantes ainda são os sapatos pretos de salto alto. Prestando mais atenção, Ana Clara percebe que

o desenho do tecido da roupa imita o contorno do estado de São Paulo. A garota acha graça.

Quando a senhora se volta, satisfeita em sua sede, ela surpreende Ana Clara ainda rindo. Mesmo a mulher fingindo que não percebeu, a garota fica um pouco envergonhada.

– Sua vez, minha querida.
– Obrigada.

Quando se curva sobre o bebedouro, Ana Clara percebe que a simpática senhora gostou do cachorro de Léo. E fica atenta à conversa dela com seu primo.

– Como é lindo o seu filhote de labrador.

O cachorro, que acaba de matar a sede, se aproxima da senhora. Léo tenta segurá-lo puxando a guia.

– Nããããoo...
– Pode deixar, filho.
– E se ele morder a senhora?
– Eu me dou muito bem com cachorros. Venha comigo, Marcão...

A receptividade da senhora faz Léo relaxar e deixar que o cachorro se aproxime dela.

– Vem brincar com a vovó, vem... Qual a idade dele?
– Vai fazer cinco meses.

A senhora começa a acariciar o pelo do cachorro.

– É uma idade linda...

O cachorro começa a roncar baixinho, quase miando... como se chorasse... como se fizesse um pouco de manha.

– ... os labradores precisam de muito espaço...
– Tô ligado... quer dizer, eu sei.
– ... mas são ótimos companheiros.

Os lamentos do cachorro saem com um pouco mais de força.

– Como é manhoso...

– Acho que ele gostou dos carinhos da senhora.

Ana Clara termina de beber água e se aproxima, um tanto quanto intrigada.

– Bebe logo, Léo. Eu seguro a guia.

Quando a guia passa da mão de Léo para a mão de Ana Clara, o cachorro aproveita para se soltar dos carinhos da senhora. Ela não gosta muito da reação, mas disfarça. Ana Clara não gosta do que vê e puxa o cachorro com mais força.

– O que foi, filha...

Antes de completar sua irônica pergunta, a senhora lança para Ana Clara um sorriso quase ameaçador.

– ... não me diga que você está com medo desta velha senhora?

Amarrando a guia do cachorro no guidão da bicicleta de Léo, Ana Clara prefere chamar o primo a responder.

– Vem logo, Léo.

Um pouco surpreso com a atitude da prima, Léo não consegue nem beber água.

– Se liga, Ana!

– Se liga, você! Sobe logo na bicicleta e vem comigo... no caminho eu explico.

Assustado, o garoto não tem coragem de questionar o pedido da prima. Ele sobe na bicicleta e, forçando um pouco a velocidade de Marcão, Léo alcança Ana Clara, que já vai a alguma distância.

– O que aconteceu, Ana?

A garota está cada vez mais aflita.

– Aconteceu que, essa noite, eu também sonhei com uma chuva de parafusos enferrujados, sim.

Mesmo a resposta fazendo algum sentido para Léo, o garoto fica confuso.

– Tá... mas o que é que isso tem a ver com essa senhora?

– O que tem a ver? Tem tudo a ver!
– Tudo?
– Como é que ela sabia o nome do Marcão, Léo?
Léo sente um arrepio e quase perde o equilíbrio.
– E... e agora?
– Agora, corre.

A Velha Senhora acompanha as duas bicicletas e o cachorro se afastarem com um estranho sorriso nos lábios pintados de rosa, mas também com a terrível segurança de quem sabe que aquela fuga é inútil. O pior já aconteceu.

1

MAL ANA CLARA e Léo entram em um dos elevadores do Edifício Copan, no centro da cidade, um telefone celular começa a tocar em um dos bolsos externos da bermuda do garoto. Apertando o botão de um dos andares mais altos no painel do elevador, Ana Clara quer saber...
— Quem será, Léo?
O elevador começa a subir. Conferindo o número no visor de cristal líquido, Léo responde se aborrecendo...
— Quem você acha?
Pela lâmina de alumínio do painel, que brilha mais do que um espelho, Ana Clara sorri para o primo.
— Já?
— Ela não perde tempo.
Antes de atender a ligação, Léo quer saber da prima...
— Tem certeza de que nós devemos contar tudo pra Didi, Ana?
— Temos outra alternativa?
O silêncio de Léo responde que ele concorda com a prima. O telefone continua tocando...
— Vai começar tudo de novo.
— Atende logo, Léo.

Quando atende a ligação, Léo usa aquele típico tom de voz de quem não quer deixar de ser educado, mas também quer mostrar para a pessoa que está ligando que ela não é bem-vinda.
– Oi, mãe?
– *Já chegaram?*
– Ainda não.
– *Mas já faz um tempão que eu deixei vocês na portaria.*
– Se liga, mãe. Não dá pra dizer que trinta segundos é um tempão.
Enquanto responde, Léo ouve um estalido metálico no telefone.
– *Faz muito mais do que trinta segundos.*
– Só que o elevador levou um século pra chegar.
– *Por quê?*
– Sei lá. "Dv e sr rque ss préd é ma e ua ci de".
– *A ligação está falhando, filho.*
– Eu disse que deve ser porque esse prédio é maior que uma cidade... nós estamos no elevador, mãe...
Léo tenta capitalizar aquela ligação para algo que interesse a ele...
– ... e aqui tem muitas antenas, você sabe... meu celular é ruim. Você não disse que ia trocar o meu telefone celular?
– *Depois nós falamos sobre isso.*
– Eu sempre fico pra depois.
– *Quando saírem da exposição, sua tia vai trazer vocês?*
– Não foi o que ela combinou?
– *Foi. Chegando no apartamento da Didi você me liga?*
– "ão oi o que ós ombi amos?"
Desta vez, a ligação não falha. É Léo quem quer se divertir à custa da incompetência das antenas e da insistência de sua mãe e engole algumas das letras de sua frase.

Por incrível que pareça, a mãe do garoto entende o que ele diz: "Não foi o que nós combinamos?".
– *Então, até já.*
Uma onda de tristeza passa por Léo.
– O Marcão melhorou, mãe?
– *Como é que eu vou saber? Ainda estou subindo a Avenida Doutor Arnaldo.*
– Tô ligado. Faz o seguinte, mãe, já que nós estamos no elevador, em vez de eu ligar pra você quando chegar na Didi, me liga você quando chegar em casa pra dar notícias do Marcão.
– *Combinado.*
Enquanto o garoto guarda o telefone celular no bolso da bermuda, Ana Clara quer saber mais uma coisa...
– Ele melhorou?
– Minha mãe não chegou em casa ainda.
O elevador para no andar que Ana Clara marcou.
– Mas nós já, Léo... já chegamos na casa da Didi. Ah! Nessa ligação também fez o barulhinho?
– Fez, Ana... tem certeza de que nós devemos...
Léo nem tem tempo de transformar sua dúvida em uma pergunta. A porta se abre. Ou melhor, Didi, que esperava os dois no *hall* de entrada, abre a porta do elevador e abraça os sobrinhos.
– Minhas riquezas...
O abraço de Didi incomoda Ana Clara e deixa Léo ainda mais confuso.
– ... nós já vamos. Eu só estou terminando de colocar uma roupa de molho na máquina de lavar... Posso saber que caras são essas?
Os primos trocam olhares, como se combinassem quem vai falar. Léo faz um sinal afirmativo com a cabeça, dando a vez à Ana Clara.

— A gente precisa falar com você, Didi.
— Xiii!!! Acho melhor entrarmos...
O apartamento é antigo, grande e mobiliado com simplicidade. O que mais se vê são estantes de livros e de CDs espalhados pelos quatro cantos da sala. Há também, penduradas nas paredes, várias gravuras com africanos e africanas e três máscaras de cabeças esculpidas em madeira escura. Em um canto da sala, uma TV grande e um aparelho de som com DVD. A televisão está ligada em um canal internacional de notícias. Em outro canto da sala, um computador. A sala é inteira envidraçada e sem cortinas. A vista que se tem do mar de prédios da cidade é estonteante.
— ... e sentarmos...
Ana Clara e Léo se jogam no sofá de couro amarelo e velho em frente da televisão.
— ... querem suco?
— Eu quero água.
— Eu também.
Léo se liga na imagem da televisão: uma ilustração em computação gráfica mostrando o sistema solar e algumas estrelas. De repente, um efeito especial faz os outros planetas e as estrelas se afastarem e a Terra fica sozinha no céu escuro.

Ana Clara também se interessa pela imagem e pelo que a voz do locutor em inglês e a legenda em português estão dizendo, enquanto as nuvens vão sumindo...

... *por causa desse rápido distanciamento dos planetas e das estrelas, que ninguém sabe explicar direito por que acontece, esta será a noite mais escura dos últimos cem anos.*

Ao ouvirem isso, as tranças de Ana Clara e os cabelos curtos de Léo se arrepiam. Os primos trocam olhares arregalados; mas não dizem nada. A imagem da Terra some e, em seguida, aparece na televisão um jornalista norte-americano bonitão e sorridente, falando em inglês e legendado em português, sobre o esperado *show* que um músico brasileiro fará em Nova York para mais de cinco mil pessoas. As legendas fofocam...

... *ele receberá como convidados especiais músicos de todos os continentes, via internet.*

Didi entra na sala com dois copos de água.

– Se liga, Didi! Aquele cantor que você gosta vai fazer *show* em Nova York pra mais de cinco mil pessoas...

– ... e vai tocar *on-line* com músicos do mundo inteiro.

– Pelo menos em termos musicais, os americanos têm mais visão do que nós.

– Por quê?

– Esse cara faz mais sucesso nos Estados Unidos do que aqui.

Depois de quase se afogarem nos copos de água, Ana Clara começa...

– Didi, lembra aquele dia que nós fomos ao Parque do Ibirapuera com você?

– Pela sua voz, já vi que o assunto vai ser sério...

Didi pega o controle remoto e desliga a televisão.

– Claro que me lembro.

– Então...

Não é para fazer suspense que Ana Clara para de falar. É que ela se assusta com uma imagem que vê se movimentando por fora da janela.

– O que é que tem aquele dia no Ibirapuera, Ana?

É uma imagem escura, grande, que aterrissa no batente externo da janela, que faz com que a garota sinta um arrepio e arregale os olhos.

– O que foi, Ana?
Ao mesmo tempo que faz a pergunta, Didi olha para o mesmo lugar que Ana Clara não consegue parar de olhar. É Didi quem responde à própria pergunta.
– Ah... o Hamlet...
Conferindo lá fora, Léo quer saber mais.
– Hamlet?
– É o meu urubu de estimação... Todo dia ele passa por aqui pra me dar um oi.
– Urubu de estimação?
– É, Ana... assim, a distância, mas é. A cidade está cheia de urubus, ainda mais nesta altura, a 28 andares do chão. São mais de cem metros de altura. Os urubus adoram parar por aqui, entre um voo e outro, pra descansar...
Os primos estão tão intrigados quanto assustados.
– ... não vai me dizer que vocês estão com medo de um urubu?
A presença do urubu deixou as tranças de Ana Clara quase esticadas e os cabelos de Léo ainda mais arrepiados.
– Não é bem medo, Didi. O urubu não é carniceiro? Temendo ele próprio o que vai dizer, Léo completa a prima.
– ... e dá azar.
Didi cai na gargalhada.
– Tudo bem que o urubu se alimenta de carniça, mas dizer que ele é uma ave de mau agouro, que dá azar, é ignorância, Léo...
Nem Ana Clara entende muito bem a resposta. Didi resolve ser didática.
– ... o urubu é visto, por quem sabe das coisas, como uma ave de purificação. O voo dele é lindo... esse que está aí fora, que eu chamo de Hamlet, é o mais alto...
– Alto?

Tão empolgada está Didi com seu monólogo sobre os urubus que ela ignora a pergunta de Léo.

– ... vocês sabiam que, se um ser humano chegar muito perto de um urubu, o animal vomita? É o instinto de preservação.

Talvez seja o instinto de preservação de Ana Clara que faz com que a garota retome o assunto que ela quase tinha começado.

– Então, Didi, como eu estava começando a dizer... naquele dia que nós fomos ao parque com você...
– ... e levamos o Marcão...
– Eu já ia falar sobre o Marcão, Léo.
– Pensei que você não fosse falar...
– Mas eu ia!
– ... é um detalhe importante.
– Eu sei que é um detalhe importante, Léo.
– Foi mal.

Didi já não aguenta mais tanto suspense.

– Dá pra vocês dois pararem de me enrolar?
– Posso continuar, Léo?
– Continua.
– Então, Didi, desde aquele dia têm acontecido coisas estranhas.
– Estranhas?

Léo não aguenta não se intrometer.

– Tecnologicamente estranhas!
– É, Didi. Sempre que eu ou o Léo estamos falando no telefone, no começo das ligações se ouve um clique metálico, sabe?
– Os celulares de vocês estão grampeados?
– Acho que não são só os celulares, Didi. Nos telefones das nossas casas também acontece isso... não é, Léo?

– É... e tem outra coisa: quando eu ou a Ana Clara vamos acessar nossos *e-mails*...
– ... ou o torpedos...
– ... sempre que nós vamos acessar as mensagens, as caixas de *e-mails* ou as páginas da internet dão um tipo de travada e só depois disso é que dá pra navegar direito... e não é falta de memória no computador.

A atenção de Didi é total. Ela quer mais detalhes.

– Por que vocês acham que a nossa ida ao parque tem alguma coisa a ver com isso, Ana?
– Naquele dia, Didi, quando nós paramos no bebedouro, uma mulher muito estranha e elegante ao mesmo tempo, que eu e o Léo estamos chamando de a Velha Senhora, parecia estar esperando a gente...
– Isso você não pode garantir, Ana.
– Não tô garantindo nada... mas, quando eu olhei bem dentro dos olhos dela, eu vi uma luz... de ameaça.
– Luz de ameaça?
– ... e ela sabia o nome do Marcão sem ninguém ter falado.
– Essa parte eu concordo com a Ana que é bem esquisita.

Didi está confusa. Não sabe direito o que fazer... ou o que falar...

– Por que vocês não me falaram isso na hora, naquele dia?
– Eu quis falar, o Léo não deixou.
– Não é que eu não deixei, eu só pedi pra gente dar um tempo... pra ver se ia acontecer mais alguma coisa... sei lá.
– Tem mais uma coisa, Didi...

A pausa de Ana Clara é porque ela continua intrigada com aquele urubu parado no batente externo da janela do apartamento. Estranho! Parece que ele está ligado na conversa. A garota prefere não comentar isso.

— O quê, Ana?
— Nos dois primeiros dias, o Marcão continuou igual...
— Igual coisa nenhuma, Ana! O Marcão ficou muito mais alegre... eufórico, sabe?... e não saía de perto de mim pra nada... aí, desde antes de antes de ontem, ele começou a ficar calmo... calmo... parou de comer e tá cada vez mais estranho.
— Estranho como?
— Meio triste... e fica olhando pro portão de casa, como se esperasse alguém, sabe?
— Nós estamos achando, Didi...
— Você tá achando, Ana!
— Tá bom, Léo. "Eu" tô achando que a tal Velha Senhora, enquanto fazia carinhos no Marcão, colocou nele algum *chip* e captou através dele nossos telefones, computadores... tudo...

Depois de uns cinco segundos de silêncio, Didi quer saber...
— Por que você não concorda com a Ana, Léo?
— Porque eu revirei o Marcão, pelo por pelo, umas *trocentas* vezes e não encontrei nada, nem uma pulga.
— Eu ajudei o Léo a revirar, Didi.
— E, mesmo assim, você acha que a Velha Senhora colocou algum *chip* no Marcão, Ana?
— Acho... ou melhor, sinto... o próprio Marcão, enquanto a Velha Senhora fazia carinho nele, o cachorro ficou meio estranho... resmungando...
— Era dengo, Ana Clara.
— Era resmungo, Léo... resmungo de dor.
— O cachorro é meu.
— E a opinião é minha.

Mesmo temendo a resposta que a sobrinha dará, Didi sabe que precisa fazer uma pergunta.

— E qual é o resto da sua opinião, Ana Clara?
É temendo ainda mais do que a tia que Ana Clara responde.
— ... que os Metálicos estão atrás de nós.
Léo fica indignado!
— Deixa de ser absurda, Ana.
— Absurdo é você, depois de tudo o que nós já passamos, achar um absurdo que os Metálicos tenham vindo atrás de nós.
— Você não acha que a Ana Clara está inventando coisas, Didi?
— Difícil saber, Léo.
— Tá vendo, Léo?
— Ela não disse que concorda com você.
— Nem que discorda.
— Por que é que os Metálicos iam colocar uma mulher caindo aos pedaços atrás de nós?
— Ela não estava caindo aos pedaços.
— Mas devia ter uns cem anos.
— Que cem anos o que, Léo?! Ela tinha, no máximo, oitenta. Tem mais uma coisa, Didi...
— O que, Ana?
— Lá vem...
— ... naquele dia estava tendo no parque, no prédio onde acontecem as exposições, uma feira de arte popular brasileira.
— Eu sei.
— ... só porque tinha artistas populares de todas as regiões do Brasil não quer dizer que os Metálicos voltaram.
Pela ansiedade que ele estava em tentar desmanchar o raciocínio da prima, Léo não prestou atenção no

enigmático tom de voz de Didi, quando ela disse "Eu sei!". Ana Clara prestou.
— Sabe o quê, Didi?
Como se tivesse sido pega de surpresa, Didi tenta desconversar.
— Sei o quê?
— Não sei, você que disse que sabia alguma coisa.
— Disse?
— Disse.
— Eu disse que sei o quê?
A tentativa da tia para confundir Ana Clara deixa a garota quase furiosa.
— O que você não quer contar pra gente, Didi?
Didi toma o máximo de cuidado para escolher exatamente as palavras que quer – e não quer! – dizer.
— Nada, Ana... coisa minha... e que não tem nada a ver com essa história... Minha roupa!!!
— Roupa?
— Eu esqueci de acabar de colocar a roupa na máquina pra bater.
Didi sai da sala correndo. Léo desabafa.
— Não tô entendendo a Didi, Ana.
— Nem eu, Léo... mas vamos deixar quieto.
Quando Didi volta, Ana Clara já conseguiu controlar a quase insuportável curiosidade.
— Tudo bem, Didi... eu me confundi.
Claro que Didi sabe que não convenceu a sobrinha, mas ela prefere deixar as coisas como estão, pelo menos por enquanto.
— Continua, Ana.
— Continuar o quê? Eu só sei até aí: eu acho que os Metálicos voltaram.
— Isso não faz o menor sentido.

– Por que você acha que isso não faz sentido, Léo?
– Porque não existem mais...
Ninguém entende a teoria de Léo.
– ... nós acabamos com os Metálicos em Ouro Preto. Didi não concorda!
– No máximo, Léo, nós conseguimos assustar os os Metálicos... assim como já tínhamos assustado em Salvador.
– Acho que é isso, Didi: o Léo também tá assustado.
– Assustado...
O garoto se encolhe um pouco, como se quisesse se esconder ou esconder algo da tia e da prima.
– ... assustado com o quê?
– Você tá com medo que eles tenham vindo atrás de nós.
– Não, Ana Clara. Você é que está querendo que isso aconteça.

Na verdade, desde que os homens de terno cinza metálico sumiram da última vez, de alguma maneira, Ana Clara está esperando que eles voltem. E a chance de os Metálicos terem voltado a São Paulo – a cidade onde Ana Clara, Léo e Didi moram – anima, sim, a garota.

– Não é bem assim, Léo.
– É assim, sim.
– Tem muitas coisas que eu gostaria de entender sobre esses caras, mas quando eles aparecem é sinal de perigo... e eu não gosto de perigo.
– Gosta, sim.
– Não gosto.
– Só pra testar se você tem mesmo os superpoderes...

Imediatamente, a garota fica mais vermelha do que um pimentão... um pimentão vermelho!

– Superpoderes!

A pergunta de Didi sai colada à exclamação de Ana Clara quase como um eco.
– Quais superpoderes?
Léo adora a possível vantagem sobre a prima.
– Conta pra Didi a sua teoria, Ana.
Cada vez mais vermelha, Ana Clara tenta desconversar.
– Bo... bo... bagens do Léo, Didi...
Recuperando-se da vergonha, a garota quer saber...
– ... nós não íamos à exposição?
Ao se lembrar do compromisso, Didi quase cai da poltrona.
– A exposição!!!
Em poucos minutos, Didi sai da garagem do prédio levando com ela Ana Clara e Léo. O clima de protesto dos primos por terem de ir no banco de trás ainda está no ar.
– Qual é mesmo a exposição que nós vamos, Didi?
– É uma exposição de objetos impressos em 3D.
– Que demais!
Por incrível que pareça, o trânsito entre o centro da cidade – onde fica o apartamento de Didi – e a Avenida Paulista – onde fica o museu – está relativamente tranquilo.
– Tô achando mesmo que você pode ter superpoderes, Ana...
A garota não gosta da brincadeira da tia.
– ... São Paulo sem trânsito é quase um milagre!
Quando chegam à Avenida Paulista o trânsito está um pouco mais lento. Didi circunda o museu procurando uma vaga para estacionar.
– Eu é que não vou pagar a fortuna que esses estacionamentos aqui em volta do museu cobram.
Quase sem querer, Ana Clara deixa escapar...
– Na lateral esquerda do museu tem uma vaga livre, Didi.
– Se liga, Ana!

Em vez de responder ao protesto de Léo, Ana Clara insiste...
– ... a terceira vaga do lado direito da rua.
Achando graça na possível brincadeira da sobrinha, Didi vira à esquerda e empalidece...
– Não é possível!
... a terceira vaga está vazia. Enquanto Didi estaciona, um misto de ciúme e bronca divide Léo.
– Eu não disse, Didi?
– Como é que você fez isso, Ana Clara?
Fazendo-se de desentendida, Ana Clara abre um quase sorriso.
– Eu não fiz nada, Didi.
Agora, o ciúme de Léo deixa que a bronca ocupe todos os lugares dentro dele.
– Fez, sim... e não é a primeira vez que eu...
O que interrompe Léo é o toque de seu telefone celular, que começa a tremer dentro do bolso da bermuda. Ana Clara sente um arrepio e arregala os olhos...
– Atende logo, Léo.
A aflição de Ana Clara contagia Léo e Didi. O garoto não perde tempo...
– Alô?
Pelo número na tela do celular, Léo sabe que é sua mãe. Mas ela não diz nada. Ou melhor, não consegue dizer. O garoto ouve o estalido metálico que tem acompanhado todas as ligações que ele recebe.
– Mãe?
Depois de mais um pouco de silêncio...
– O que foi, mãe?
– *Filho...*
Os cabelos de Léo se arrepiam ainda mais...

– ... *desculpe, filho...*
... quase se eletrificam! O garoto não tem coragem de perguntar nada.
– ... *mas eu preciso dizer...*
A voz da mãe de Léo está tão assustada quanto triste.
– Di... dizer o... o.... quê?
– ... *o Marcão sumiu.*

2

FICOU PARA TRÁS a visita à exposição no museu. Também ficaram para trás a vaga que Ana Clara tinha encontrado telepaticamente para Didi estacionar, o trânsito e, principalmente, as dúvidas de Léo:
– É, Ana, os Metálicos voltaram.
– "EU" não disse?
Assim que lança sua provocação, Ana Clara se arrepende. Não é hora para provocações.
– Desculpa, Léo. Foi mal.
Léo está arrasado. Perturbado. Assustado. Ana Clara e Didi também estão. O trio arrasado, perturbado e assustado está de volta, algum tempo depois, ao apartamento de Didi, no centro.
Mesmo não tendo, ainda, nenhuma confirmação de que isso esteja mesmo acontecendo – de que os Metálicos teriam voltado –, todos sabem que esse retorno é mais do que perigoso.
A tristeza de Léo é diferente da tristeza de Ana Clara e Didi: além de todo o perigo, o cachorro que sumiu é dele. Ou "era" dele?
– Eu quero o meu cachorro!

O tom de voz, quando Léo pede a volta de seu cachorro, é sufocado. O garoto faz o maior esforço para não chorar. Ao mesmo tempo que pede por seu cachorro, Léo aperta com toda força o telefone celular de última geração que ele acaba de ganhar da mãe.

— Prêmio de consolação que não consola...

... mas alivia a dor. Tudo bem que é um telefone seminovo — é o aparelho "velho" da mãe de Léo —, mas é de última geração e tem bem mais possibilidades técnicas do que o aparelho antigo do garoto.

Por falar no aparelho antigo, agora, Léo está com dois celulares. Dois pré-pagos. O aparelho antigo, a mãe dele pediu que ele mantivesse, para um contato direto e exclusivo só entre os dois. Léo não gostou muito da ideia, mas estava sem força ou energia para enfrentar a mãe. A maneira que ele achou para protestar foi deixar o celular velho no *vibracall* e submerso nas profundezas da caótica mochila que o garoto não tira das costas... Mesmo tendo acabado de assistir outra vez em sua memória a esse curta-metragem dos acontecimentos que envolvem seu novo e velho telefones celulares, Léo não esquece o Marcão...

— Eu quero meu cachorro!

Didi faz carinho nos cabelos de Léo.

— Nós vamos encontrar o Marcão, Léo.

Ana Clara olha para os contornos da cidade através da janela, como se procurasse alguma coisa fora do apartamento.

— Eu preciso falar com ele...

Mesmo a voz da garota tendo saído quase como um cochicho, ela chama a atenção de Didi.

— O que foi que você disse, Ana?

A garota tenta disfarçar, mudando de assunto.

– Eu tinha me esquecido como é lindo o fim da tarde aqui de cima, Didi.
– Cuidado com a janela, menina.
– A janela tá trancada, Didi...
Acreditando no próprio disfarce, Ana Clara passa a prestar atenção na vista.
Uma bela visão dos contornos dos prédios formando um paredão de várias cores e formas. Alguns helicópteros cortam o céu em várias direções.
– ... com o sol se pondo, a cidade fica cheia de reflexos.
– É por causa dos vidros e das estruturas metálicas das janelas. Os pais de Léo estranharam um pouco, mas concordaram que ele fosse passar a noite na casa de Didi, junto com a inseparável prima. O garoto disse aos pais que, se ficasse em sua casa, ficaria ainda mais triste...
– ... o que é verdade!
Quando Marcão sumiu, só a empregada estava em casa. Ela não viu nada de estranho e também não ouviu nenhum barulho. Quando a mãe de Léo chegou, os portões não tinham o menor sinal de arrombamento. Só o cachorro não estava em sua casinha e em nenhum outro lugar.
Nas últimas horas, tudo o que era possível e preciso para tentar recuperar o cachorro foi feito: o bairro onde Léo mora foi totalmente vasculhado. Foram espalhadas faixas pelos principais pontos do bairro avisando sobre o sumiço do cachorro.
Tanto quanto Ana Clara e Didi, Léo sabia que isso tudo não levaria a nada. O desaparecimento de Marcão não foi um simples sumiço, se é que se pode dizer que existem sumiços simples. O cachorro foi sequestrado. Ainda conferindo o desenho dos prédios, Ana Clara lança mais uma hipótese ao clima de tristeza do apartamento de Didi.

– Quem sabe o Marcão foi "abduzido"?
– Se liga, Ana Clara... abduzido é quando alguém é levado por seres de outro planeta... se é que isso existe!
– Não só, Léo. Essa palavra é usada com outros sentidos também.
– Mas é mais usada nesses casos.
– Quem garante que os Metálicos são terráqueos?

A pergunta de Ana Clara intriga Léo e Didi. Ninguém sabe como respondê-la. Léo resolve mudar de assunto.

– Sequestradores, geralmente, dão notícias algum tempo depois do sequestro...
– Nem sempre, Léo.
– Lá vem a minha prima bruxa!
– E lá vem o meu primo preconceituoso!
– Vai me chamar de preconceituoso toda hora, é?
– Não! Só até você parar pra pensar melhor nas coisas que diz. Posso continuar meu raciocínio?
– Adianta eu dizer que não?
– Obrigada... e se os Metálicos estão esperando "nós" darmos as notícias?
– Você tá bem confusa, hein, Ana?
– Por quê, Léo?
– Até agora há pouco eles eram extraterrestres?
– Eu não disse que os Metálicos "eram"... disse que "podem ser". Nós não sabemos nada direito sobre eles.

Didi completa a sobrinha...

– Só que se dizem cientistas e que querem descobrir e usar o DNA dos artistas populares brasileiros... e que apareceram em duas cidades históricas do Brasil...
– É isso o que eu acho mais estranho.
– O quê, Léo?
– Ninguém pode dizer que São Paulo seja uma cidade

histórica... pelo menos, não tão histórica quanto Salvador ou Ouro Preto, onde eles apareceram.
– De novo, Léo? Os Metálicos estão aqui por nossa causa... eles abduziram ou sequestraram, sei lá, o Marcão por causa da gente.
– Mas o que eles querem de nós, Ana?
– Não faço a menor ideia, mas é bom que a gente descubra... Ana Clara passa a falar mais devagar...
– ... antes que eles nos mostrem...
... e é ainda mais devagar que ela conclui:
– ... acho que isso vai ser bem pior.
A premonição de Ana Clara deixa o clima tenso. Ainda mais com o ritmo estranho e vertiginoso com que a noite começa a cair sobre a cidade, lá fora. Didi não consegue ficar parada.
– Eu... eu... acho melhor acender as luzes.
Enquanto Didi anda pela sala espaçosa acendendo todos os lustres e abajures que ela encontra pela frente, Léo quer saber mais de Ana Clara.
– E como é que nós vamos descobrir isso, Ana?
– Qual é a única pista que nós temos?
– Detesto respostas que são perguntas. Pista?
– Se liga, Léo: os sinais metálicos...
– Das janelas?
– ... dos nossos telefones.
– Tá. Mas como vamos usar isso?
Ana Clara está quase perdendo a paciência com a distração do primo.
– ... liga do seu celular para o meu, Léo.
– Ah, entendi... desculpa, a tristeza me deixa meio lento. Como Léo ainda não teve tempo de passar nenhum dado para a memória de seu novo telefone, o garoto digita

o número do celular de Ana Clara, que começa a tocar. A garota tira o aparelho da minimochila e, antes de atender, faz um pedido.
— Só diz "Oi, Ana? Sou eu, o Léo..." e deixa o resto comigo, tá?
— Hum-hum.
E Ana Clara atende a ligação do primo, que está sentado ao seu lado...
— Alô?
Mesmo achando isso um pouco ridículo, Léo faz o que a prima pediu, inclusive usando o artigo "o" antes de seu apelido, coisa que normalmente o garoto não faria.
— Oi, Ana? Sou eu, o Léo.
Fica um pouco de silêncio... até que os primos escutam o estalido metálico. Ana Clara sente um arrepio, respira fundo e começa a falar.
— Nós sabemos que vocês estão escutando...
Depois que diz essa frase tão óbvia, a garota se sente bem ridícula.
— ... por que vocês levaram o cachorro do meu primo?
Ninguém responde.
— Será que daria para alguém responder?
O silêncio do outro lado da linha continua.
— O que vocês querem de nós?
Quando Ana Clara está quase se sentindo totalmente ridícula por estar falando "sabe-se lá com ninguém", ela escuta uma voz do outro lado da linha.
— *Muito bem, Ana Clara...*
A voz é de mulher. Ana Clara não tem dúvidas: é a Velha Senhora que ela e Léo encontraram no parque.
— *... eu tinha certeza de que poderia contar com a sua esperteza.*

Léo começa a tremer de medo e de raiva.
– Eu quero o meu cachorro...
A prima tenta acalmá-lo.
– Não, Léo...
– Onde a senhora...
– ... assim você só vai piorar as coisas.
– *Sua prima tem razão, Léo.*
– ... se vocês fizerem alguma coisa com o meu cachorro...
– Léo! É pro bem do Marcão que eu tô pedindo.
Confuso, o garoto faz sinal de que vai ficar quieto. Depois de algum tempo de silêncio...
– *Acalmou o seu primo, Ana Clara?*
– Acho que sim... Quem é a senhora?
A voz da mulher do outro lado da linha é tão segura quanto fria.
– *Quem faz as perguntas sou eu.*
– Desculpe.
– *Tínhamos parado quando eu comentava sobre a sua esperteza...*
A mulher fala cruelmente devagar, como se mastigasse cada sílaba.
– *... na verdade, eu deveria dizer bravura... de qual tribo você descende?*
Tribo? Ana Clara não entende.
– Como assim?
– *De qual das tribos indígenas brasileiras sua família descende... ou você não sabe que todos os brasileiros descendem de índios?*
Ana Clara não tem certeza de que as coisas sejam exatamente assim – de que todos os brasileiros descendam diretamente de índios –, mas ela acha melhor não puxar muito assunto.
– Não sei.

— *Duvido que você não saiba...*
Por que ela está insistindo nesse assunto?
— *... uma menina tão esperta não seria ignorante quanto a sua origem...*
Enquanto escuta a aparente enrolação da Velha Senhora do outro lado da linha, Ana Clara tenta prever aonde ela quer chegar. Mas está difícil!
— *... mas não é para falar sobre a bravura indígena que nós estamos conversando...*
Bastante irônico o tom que a Velha Senhora escolhe para mudar de assunto.
— *... tem muitas coisas sobre você, seu primo e sua tia que eu preciso saber.*
Que coincidência! Tem muita coisa sobre essa Velha Senhora, que apareceu na história agora, e sobre os Metálicos que Ana Clara quer saber.
— Escuta... não é nada do que a senhora está pensando.
— *Como é que você sabe o que eu posso estar pensando?*
— Pelo que aconteceu em Salvador e em Ouro Preto, a senhora deve estar achando que...
A Velha Senhora se irrita!
— *Achando?*
A simples pergunta da Velha Senhora confirma para Ana Clara que ela deve, sim, ter alguma coisa — ou tudo! — a ver com os Metálicos. Essa certeza faz a garota recuperar a sua segurança!
— As... as coisas não foram exatamente como parecem que foram.
— *Ah... não...?*
— Foi tudo um mal-entendido e...
— *Se você continuar tentando me subestimar, nunca mais seu primo verá o cachorro dele...*

Léo não consegue não se intrometer.
– Por favor!
Ignorando – ou comemorando, sabe-se lá! – a aflição do garoto, a Velha Senhora continua...
– ... *isso, pra dizer o mínimo...*
Dizer o mínimo? O que será que a Velha Senhora tem em mente?
– *... ou você acha que nós estamos aqui para raptar filhotes chorões de labradores?*
O silêncio macabro que a Velha Senhora deixa no ar, quando termina a sua pergunta, faz o Edifício Copan inteiro estremecer.
– Acho que não.
– *Pode ter certeza de que não... e tampouco estamos aqui pelas mesmas razões que nos levaram a Salvador... ou a Ouro Preto... mas chega de conversa...*
Ana Clara sente os cabelos se arrepiarem! Para ela, cada uma das palavras que está ouvindo não tem nada de "conversa mole". Parece que a Velha Senhora fala em código. Um código que ela quer que Ana Clara entenda, ou decifre.
– *... quem são vocês?*
Óbvio que a garota entende a pergunta.
– Não entendi.
– *Nós sabemos que sua tia é uma historiadora especializada em cultura afro-brasileira... sabemos também quem são seus pais... o que eles fazem... onde vocês moram... onde estudam... com quem e o que falaram nos últimos dias... para quem mandaram ou de quem responderam e-mails... tudo isso nos faz pensar que vocês estão muito bem camuflados na pele de "pessoas normais"...*
A primeira vontade de Ana Clara é confirmar imediatamente que ela, o primo e a tia são pessoas normais

e que por acaso estavam em Salvador passando férias quando tiveram contato com os Metálicos; e que, como eles raptaram Didi, Ana Clara e Léo tiveram que ir atrás deles e estragar seus planos... só que, para impedir que eles fizessem algo de mau para sua tia, Léo e Ana Clara acabaram também impedindo que eles fizessem algo muito maior e mais terrível do que isso... algo maior que ela nem sabe direito o que é, mas que, pelo que ela sabe, é terrível... e tem a ver com uma pesquisa científica sobre o DNA criativo dos artistas populares brasileiros... e que esses mesmos cientistas apareceram em Ouro Preto, alguns meses depois, e mais uma vez foram impedidos, por Ana Clara, Léo e Didi, de conseguir terminar ou continuar a sua pesquisa sobre o DNA... bem, a vontade de dizer para a Velha Senhora que ela, o primo e a tia são pessoas normais é a "primeira vontade"... mas a garota pensa um pouco melhor e resolve ficar quieta... ou continuar só escutando.

– ... *o que você tem a me dizer, Ana Clara?*

E agora?

– *Ana Clara?*

Sabe-se lá de onde Ana Clara tira coragem para começar um raciocínio.

– Desculpe, mas tanto faz o que eu disser.

– *Não entendi.*

– A senhora já está achando que nós não somos pessoas normais.

– *Pelas coisas que vocês fizeram, mesmo com a aparente vida sossegada que levam, você há de concordar comigo que...*

Bastante arriscada a coragem de Ana Clara de interromper a Velha Senhora!

— Sinceramente? "Normal"... acho que ninguém é... tem até uma música, que fala que "de perto ninguém é normal"... a senhora conhece?
— *Eu disse que quem faz as perguntas sou eu.*
Há um mínimo tom de dúvida na voz da Velha Senhora. Tom de dúvida que ela tenta disfarçar, mas que não consegue totalmente. Ana Clara se sente mais segura. Segura o suficiente para continuar desafiando a Velha Senhora.
— O que é preciso pra senhora devolver o Marcão?
Antes da resposta, a Velha Senhora solta uma gargalhada.
— *Ok, você quer jogar... então vamos inverter as coisas... eu devolvo a sua pergunta: o que você acha que nós queremos?*
Ana Clara pensa muito bem no que dirá... e acaba dizendo algo quase insignificante.
— Não faço a menor ideia.
— *Faça um pequeno esforço...*
A garota pensa um pouco mais...
— Continuo sem saber.
O tom de voz da Velha Senhora piora! E muito!
— *Vocês têm uma dívida conosco!*
Dívida?
— *Sabe quanto transtorno nos causou o que vocês fizeram em Salvador?!... e em Ouro Preto?!! O êxito das nossas operações requer uma conjunção de fatores, especialmente para o que precisamos realizar aqui em São Paulo...*
Quanto mais ela fala, mais ameaçador fica seu tom de voz.
— *... desta vez, a ignorância de vocês não vai nos atrapalhar...*
— Ignorância?

– ... ignorância de entender como mal o enorme bem que pretendemos praticar.
Mal? Bem? O sentido dessas duas palavras começam a se confundir na cabeça de Ana Clara.
– Eu não tô entendendo nada do que a senhora tá dizendo.
– Claro que está.
– Juro que não.
– Das outras duas vezes vocês conseguiram nos atrapalhar... mas, desta vez, as coisas não serão assim.
– Escuta...
– Nós já descobrimos...
Descobriram o quê?
– ... o que eles têm guardado é valioso...
Eles?
– ... é o que há de mais valioso...
Como ainda não tem a menor ideia do que deve dizer, Ana Clara resolve continuar bem quietinha.
– ... nós vamos chegar até eles... na hora certa... no momento exato...
Chegar até eles? Hora certa? Momento exato? Não parece a Ana Clara que os "eles" sobre os quais a Velha Senhora está falando sejam os mesmos ELES que ela, Léo e Didi costumam falar: os Metálicos.
– ... e vamos levar o que viemos buscar...
?
– ... nem que para isso seja preciso derrubar tudo...
Derrubar?
– ... nem que para isso seja preciso colocar abaixo cada um dos 111 metros...
111 metros? A voz da Velha Senhora está alucinada!
– ... nem que para isso seja preciso explodir toda a cidade...

Ex... ex... explo... dir a cidade?
— ... *nós não estamos brincando.*
Enquanto a Velha Senhora, do outro lado da linha, bate o telefone, Ana Clara não consegue desgrudar o celular do ouvido. Ela não tem coragem!
— Ana?
Quem sabe assim, mantendo-se imóvel, a garota consiga manter imóveis também as horas, o planeta e os planos da Velha Senhora. Planos que ela não está conseguindo entender muito bem; mas que sabe serem terríveis.
— Ana Clara?
A voz da tia, ao lado dela, soa estranha, como se estivesse sendo dita a distância e entrecortada pelas paredes de um labirinto. Um labirinto metálico que dá à voz um estalido parecido com o que Ana Clara e seu primo ouviram nas últimas ligações feitas e recebidas em seus telefones celulares.
— Ana Clara?
Os chamados metálicos da tia dividem a atenção da garota com um *remix*, de sons também metálicos, que ela faz passar em sua mente.
No *remix* metálico, trechos das falas que ela ouviu da Velha Senhora... *bravura... valioso... chegar até eles na hora certa... o momento exato... levar o que viemos buscar...*
Didi está cada vez mais preocupada. Ela acompanhou a conversa da sobrinha ao telefone, mas só sabe dessa conversa as falas de Ana Clara, e, diga-se de passagem, a maioria das coisas que a sobrinha falou não fez o menor sentido para Didi.
— Ana Clara?
... bravura... valioso... chegar até eles... hora certa... momento exato... levar o que viemos buscar... o *remix*, na cabeça de Ana Clara, continua. Didi chega mais perto do sobrinho.

— O que está acontecendo, Léo?

Passando a mão direita nos cabelos, para desarrepiá-los, o garoto tenta responder à tia...

— A...

... mas ele não consegue. Pelo menos não imediatamente. O que Léo acabou de ouvir da conversa é terrível demais para o entendimento do garoto.

— O que foi, Léo? Assim você me assusta...

... *bravura... valioso... chegar até eles... hora certa... momento exato... levar o que viemos buscar... colocar abaixo os 111 metros... explodir toda a cidade...*

— Pode se assustar, Didi.

Ana Clara, um pouco recuperada do susto, começa a falar com a tia, com o primo e com ela mesma...

— Eu estava enganada...

Os olhos de Didi e de Léo se voltam para Ana Clara. E a garota continua...

— ... não foi só por causa da gente que eles voltaram...

Alguma coisa que ela acaba de pensar anima Ana Clara. É como se a repetição do *remix* metálico das palavras da Velha Senhora começasse a se agrupar em algum sentido... mas esse ânimo dura pouco!

— Didi, quantos metros você disse que tem o Edifício Copan?

Didi responde sem pensar...

— Cem...

... não foi a primeira vez que ela respondeu a uma pergunta da sobrinha que, para ela, não faz o menor sentido.

— ... mais de cem.

Assim que escuta a confirmação de sua hipótese, o ânimo de Ana Clara vira aflição... e a garota dá um pulo do sofá.

— Temos que sair daqui...

Didi não entende o que escuta... e entende muito menos a agitação com a qual ela vê a sobrinha se movimentar.

– Vem, Léo... Vem, Didi... nós não temos um minuto a perder.

Para tentar conter a agitação da sobrinha, Didi segura-a pelo ombro.

– Calma, Ana!

Um misto de medo e aflição deixa o rosto de Ana Clara transtornado.

– Rápido... os Metálicos não estão brincando... vamos sair daqui.

Não suportando mais esperar, Ana Clara abre a porta e chama o elevador. Prendendo às costas a mochila que ele acaba de pegar no chão, Léo segue a prima até o *hall*. Ainda sem entender muito bem, Didi começa a apagar as luzes que acendeu.

– Não dá tempo de apagar as luzes... vem, Didi.

Mais uma vez, pelo carinho e também por conhecer as premonições de sua sobrinha, Didi resolve dar ouvidos à Ana Clara.

– O elevador chegou.

Ela pega a bolsa, as chaves do carro, tranca a porta e entra no elevador com os sobrinhos.

– Eu posso saber o porquê de tudo isso, Ana?

Como se temesse ela mesma o que vai dizer, Ana Clara olha profundamente nos olhos de sua tia e...

– ... os Metálicos vão explodir o seu prédio.

3

— TÁ MAIS CALMA, Ana Clara?
— Eu não posso ficar mais calma.
Essa pergunta e resposta, esse mínimo diálogo, acontece quando Ana Clara, Léo e Didi já estão no carro. Léo, sob protestos, vai no banco de trás. As portas estão travadas, os vidros fechados, o ar ligado e Didi tenta movimentar o carro pelas ruas do centro, mas está difícil: é hora do *rush*!
— Será que agora dá pra você me explicar o que está acontecendo, Ana?
— Quando chegar lá em casa eu explico, Didi. Corre.
Didi resolve mostrar para Ana Clara quem é a tia e quem é a sobrinha...
— Você tá exagerando, Ana!
A advertência, quase bronca, que Didi dá em Ana Clara tem um efeito positivo e faz a garota dividir com ela a aflição que está vivendo.
— No telefone, Didi... a Velha Senhora...
Ao se lembrar das coisas que ouviu e do que concluiu sobre o que ouviu, Ana Clara vai ficando ainda mais aflita...
— ... depressa, Didi.

— Velha Senhora?
— ... aquela que raptou o Marcão... ela tá do lado dos Metálicos e...
— ... E?
— ... ela disse que vai derrubar o Edifício Copan.
Mesmo estando tão preocupado e confuso quanto Ana Clara, Léo não concorda totalmente com a prima!
— Não foi bem isso que ela disse, Ana.
— Como é que ela vai fazer isso?
A pergunta que Didi cola à frase de Léo fragiliza ainda mais Ana Clara. Mas ela tenta se manter firme em suas convicções.
— Vocês sabem tão bem quanto eu que esses caras são...
O adjetivo que Ana Clara pensa em usar é "malucos", mas acha melhor não dizer isso. Afinal, ela não acha o grupo de cientistas que está agindo no Brasil nada maluco.
— ... vocês sabem que eles são perigosos... e agora estão furiosos... furiosos com nós três... e sabem tudo sobre nossas vidas... e estão atrás de nós... e....
Léo aproveita a pausa que Ana Clara fez para respirar para mais uma vez discordar do raciocínio dela.
— Ana, pelo que eu escutei, não é "bem" de nós que eles estão atrás.
— O que você escutou, Léo?
— Ah, Didi... a Velha Senhora dizia, de um jeito meio alucinado...
— Não tinha nada de alucinado no jeito dela, Léo.
— Tinha sim.
— Tinha maldade... crueldade...
— Tudo bem, Ana. De um jeito bem cruel, Didi, a Velha Senhora disse que sabia que o que "eles" têm é muito valioso... que ela vai chegar até eles de qualquer jeito...

Ana Clara não consegue não se intrometer.
– ... nem que tenha que pôr abaixo os 111 metros do Edifício Copan!

A intromissão de Ana Clara aborrece Léo. Vendo que o trânsito da Rua da Consolação está totalmente parado, Didi resolve fazer um caminho alternativo e entra na primeira rua à sua direita. Quem sabe, cortando pelas ruas arborizadas do bairro de Higienópolis, ela consiga chegar mais rápido à casa de Ana Clara.

– Ela não falou assim: Edifício Copan.
– Se liga, Léo... antes de nós sairmos, a Didi não confirmou que o prédio dela media mais de cem metros? Você disse isso, não disse, Didi?

Alguma coisa que Didi vê pelo espelho retrovisor chama a sua atenção.

– Acho que disse... não sei...
– Disse, sim. Então, Léo... nós estávamos na casa da Didi quando falamos com a Velha Senhora... ela estava ameaçando a gente, Léo.

Cada vez menos Léo concorda com Ana Clara.

– Por que ela colocaria o prédio abaixo se nós estávamos lá, falando com ela...

Ana Clara não sabe o que responder. Léo sabe como continuar...

– ... e tem mais: ela disse que sabia que o que "eles" têm é valioso... e que ia chegar até "eles"... não disse?

A resposta de Ana Clara sai quase para dentro, quase não sai, de tão contrariada que a garota está.

– Disse.
– Então, Ana, a sua teoria tá totalmente furada.

A ofensa do primo recupera Ana Clara.

– Eu ainda não tenho nenhuma teoria... quer dizer,

eu sei que deve ter alguma coisa... alguma peça... faltando no meu raciocínio e... é por isso que eu quero ir pra casa...
— Mas você disse pra gente sair correndo do Copan porque eles iam explodir o prédio.
— Eu não disse que achava que eles iam explodir o prédio naquela hora.
— Então, por que a pressa?
— Porque nós temos que ser mais rápidos do que eles... e descobrir o que eles querem fazer, antes que os Metálicos e essa mulher façam... eu quero chegar logo em casa pra...
— Não sei se você vai chegar logo em casa, não, Ana Clara.

A maneira premonitória como Didi interrompe a sobrinha faz com que o clima de perigo ocupe cada cantinho do carro.
— Por que, Didi?
— Tem duas motos nos seguindo.

O impulso de Léo faz com que o garoto vire para trás, para conferir o que Didi está falando.
— Não faz isso, Léo!

Tarde demais. Léo já fez! E já conferiu as motocicletas...
— Duas motos pretas... e superpossantes!

Sobre as duas motocicletas, há dois homens de terno cinza-metálico e que usam capacetes cinza metálico com o visor fumê. Ana Clara sente um arrepio!
— São eles...

Léo também!
— ... os Metálicos.
— Desde que eu comecei a subir a Rua da Consolação essas motos estão nos seguindo.

Léo fica furioso com a prima.
— Tá vendo?

Ana Clara se ofende!
— Tô vendo o quê?
— Se você não tivesse feito esse escândalo todo...
— Qual escândalo?
— Chamado a Velha Senhora pra conversar... e nem saído correndo da casa da Didi... se você não tivesse feito esse escândalo todo... nós estaríamos protegidos lá no 28º andar do prédio da Didi.
— Deixa de ser ignorante, Léo...
O garoto faz cara de quem não entendeu o que acaba de ouvir. Didi também. E Ana Clara...
— Desprotegidos nós estamos desde aquele dia em Salvador, quando, sem querer, nós entramos no caminho desses cientistas... se é que eles são mesmo cientistas... ou "só" cientistas...
Pelo silêncio, parece que todo mundo entendeu o que Ana Clara quer dizer. E ela continua...
— ... pode ser que, se eu não tivesse falado com a Velha Senhora, eles demorassem um pouco mais para aparecerem e virem atrás da gente, mas isso ia acontecer de qualquer jeito.
— Quem te garante?
— Eu garanto.
Enquanto Ana Clara e Léo discutiam, Didi alterou algumas vezes o caminho que pretendia fazer, para testar se estava mesmo sendo seguida. E de fato estava. Em todas as viradas à esquerda e à direita que ela fez com seu carro velho, as duas motocicletas continuavam seguindo Didi.
— Estou ficando com medo...
Os olhos de Léo e de Ana Clara se arregalam sobre Didi.
— ... o que eu faço?
Ana Clara precisa pensar. Ela vê um posto de gasolina na próxima esquina à direita.

– Como nós estamos de gasolina, Didi?
Didi confere o ponteiro no painel.
– Temos pouca.
– Então, para naquele posto e abastece.
Didi e Léo falam ao mesmo tempo:
– Parar no posto?
Com uma segurança que nem ela mesma sabe muito bem de onde está vindo, Ana Clara sorri para o primo e para a tia.
– Exatamente... eles não vão fazer nada.
Bastante temerosa, Didi para no posto. As motos param na rua, um pouco antes da entrada do posto. Os homens sobre elas não disfarçam que estão totalmente atentos ao carro de Didi e aos movimentos em volta dele. Uma frentista vem até Didi, que, abrindo um pouco o vidro, entrega a chave do carro a ela...
– Enche o tanque, por favor.
– A senhora quer que veja como está a água?
– Não precisa... só abastece... gasolina comum, por favor.
Tanque cheio. Vidros fechados. Portas travadas. Didi sai com o carro do posto... e as duas motocicletas se colocam novamente atrás do carro dela. Quase vitoriosa, Ana Clara se exibe!
– Eu tinha certeza de que eles não iam fazer nada.
– Lá vem a bruxa!
– Não tem nada de bruxaria... é lógica!
Nem Didi entende muito bem.
– Então me explica, Ana: que lógica é essa?
– Se eles quisessem fazer com a gente o mesmo que fizeram com o Marcão, já teriam feito...
– Ainda não entendi.
– ... os Metálicos querem ver o que nós vamos fazer.

Com a continuação da explicação de Ana Clara, Didi desentende até o pouco que tinha entendido do que a garota tinha falado.
— Hã?
— Quando eu falei com a Velha Senhora, a conversa estava cheia de ameaças... mas também de enigmas.
— Enigmas?
— Tenho certeza absoluta de que, no meio das ameaças, a Velha Senhora estava me dando pistas.

Léo está cada vez mais interessado no raciocínio da prima.
— Que história é essa de pistas?
— Eles querem que a gente faça alguma coisa.
— O quê?
— Os Metálicos estão esperando que a gente faça alguma coisa com as ameaças-pistas da Velha Senhora...

O carro fica alguns segundos em silêncio para que Didi e Léo pensem no que acabaram de ouvir. Pensem e concluam se concordam ou não. Esse silêncio só deixa Ana Clara ainda mais segura de que o raciocínio dela está certo.
— ... pra mim, isso é óbvio.
— Pra mim não.
— Pensa bem, Léo: você ouviu tudo o que eu ouvi.

Mais um pouco de silêncio... e Didi:
— Ana Clara, você sabe que eu tenho muitas razões pra não duvidar de você, mas eu confesso que estou achando tudo muito esquisito. Pelo menos, tudo o que eu ouvi até agora.

Antes de falar, Ana Clara enche os pulmões de ar. Isso faz com que a voz da garota saia ainda mais possante.
— Pois eu não estou. É como se eu estivesse vendo uma equação matemática na minha frente.

– Equação matemática, Ana?
– É, Léo. Uma equação de números e estranhos sinais matemáticos desconhecidos. Os números, é claro, são essa parte que nós já sabemos... que a Velha Senhora e os Metálicos deixaram claro que estão aqui em São Paulo não só atrás de nós, mas também porque querem alguma coisa que tem aqui... alguma coisa valiosa... que eles estão dispostos a conseguir nem que tenham que pôr tudo ou alguma coisa abaixo... alguma coisa que tem a ver exatamente com a altura do prédio da Didi.

Ao ouvir a palavra "exatamente", uma luz se acende na cabeça de Léo.

– Como você sabe que é "exatamente"?

Não entender o que Léo quer dizer faz Ana Clara se sentir em desvantagem.

– Eu disse "exatamente"?

– Disse.

A dúvida de Léo chama a atenção de Ana Clara para a precisão. E ela se anima novamente.

– Didi, você sabe exatamente quanto mede o seu prédio?

– Como é que eu vou saber isso?

Parece que agora Léo está mais convencido de que o caminho por onde vai o raciocínio de Ana Clara é um bom caminho para que ele deixe o raciocínio dele ir também. É o garoto quem responde para Didi...

– É que antes de dizer que poderia derrubar a cidade inteira, a Velha Senhora falou em um número exato...

– ... 111 metros.

Didi pensa um pouco, mas não consegue se concentrar. As duas motocicletas seguindo seu carro ocupam toda a sua capacidade de concentração.

– Não faço a menor ideia de qual é a altura exata do meu prédio.

Léo e Ana Clara trocam olhares cúmplices. Sentir que, de alguma maneira, o primo está indo para o seu lado deixa a garota mais animada.

— Tenho certeza de que a Velha Senhora usou esse número de propósito.

Quase contrariado, Léo sorri para Ana Clara.

— Acho que eu também estou começando a ter certeza!

Ana Clara devolve o sorriso para o primo e continua:

— Quem sabe Léo, se você me ajudar, nós conseguimos desvendar os estranhos sinais matemáticos desenhados aqui na minha cabeça.

— Quem sabe...

Depois que Ana Clara e Léo trocam aquele cumprimento em que se pega nas mãos de um monte de jeitos, uma imagem volta à mente de Ana Clara: a Velha Senhora bebendo água no bebedouro do Parque do Ibirapuera. Ou melhor, um detalhe da roupa da velha senhora bebendo água: a estampa do conjunto que ela estava vestindo.

— Didi, você conhece alguém que seja especialista na história da cidade de São Paulo?

— Não entendi.

— Assim como você é especialista em cultura afro--brasileira, deve ter alguém, alguma historiadora, que seja especialista na cidade de São Paulo... não tem?

É pensando em algo que lhe desagrada que Didi responde.

— Tem, sim, Ana... muita gente.

— Tem alguém em quem você pode confiar?

Didi está cada vez mais aborrecida.

— Se você me disser aonde quer chegar com tudo isso, quem sabe tenha.

— A mulher estava vestindo um terninho com o mapa de São Paulo desenhado e...

– Você não está exagerando, não, Ana?
A garota pensa muito bem, antes de responder.
– Mesmo que eu esteja, Didi... o que nós temos como ponto de partida é minha quase teoria exagerada!
É impossível para Didi não se deixar levar pela autoconfiança da sobrinha; mesmo que para isso ela tenha que trazer para a história alguém que ela preferia que nem existisse.
– A melhor pessoa, entre as que eu conheço, pra falar com você sobre São Paulo, Ana Clara, é...
Didi se arrepende.
– ... eu não vou fazer isso...
– Isso o quê?
Falando mais consigo mesma do que com a sobrinha, Didi continua...
– ... ele vai confundir tudo... vai achar que eu mudei de ideia...
Nem Ana Clara nem Léo têm dúvidas: a pessoa sobre a qual Didi está tentando não falar é algum ex-namorado... "mais um" ex-namorado!!! Léo tenta saber mais...
– Quem é "dessa vez", Didi?
Cada uma das letras que saem da boca de Didi pesa mais do que uma tonelada de chumbo...
– ... o... o... Doutor Garrafa...
Doutor Garrafa? O nome soa totalmente desconhecido para os primos.
– ... Doutor Bruno Garrafa. Ele é professor universitário e está fazendo uma pesquisa superdetalhada sobre São Paulo. Uma pesquisa não só do lado histórico, mas com mil curiosidades... mistérios da cidade...
Ana Clara e Léo não ignoram a empolgação de Didi crescer durante a sua fala. Isso os preocupa; especialmente Ana Clara.

— Será que você poderia tentar falar com ele... "agora", Didi?

Didi quase perde o controle sobre a direção.

— A... agora?

É Léo quem insiste.

— É, Didi... agora!

Quase tão eufórica quanto aborrecida, Didi concorda.

— Por favor, Ana, pegue o meu celular e procure, na letra B, o nome Bruno.

— Achei... é o primeiro nome.

— Liga pra ele e coloca o telefone no viva voz, por favor.

A ligação se completa ao mesmo tempo em que Ana Clara aperta o comando que a transfere para o viva voz. A garota segura o telefone perto da tia, mas de uma maneira que não a atrapalhe no volante. A voz do Doutor Garrafa, quando ele atende a chamada, está tão animada quanto arrogante.

— *Eu tinha certeza de que você não ia conseguir cumprir a promessa que fez na saída da Feira de Cultura Popular, naquele dia, do Parque do Ibirapuera, Didi...*

Didi engole a provocação e resolve ser fria e objetiva...

— Essa ligação não tem nada a ver com o que nós temos, ou tivemos...

— *Já começa me dando bronca...*

— Você está no viva voz e os meus sobrinhos estão no carro.

— *Que ótimo! Nossa primeira reunião em família!*

— Eu preciso da sua ajuda, Bruno.

— *Graaaande novidade!*

— Eu e os meus sobrinhos estamos em perigo.

O tom de arrogância sai da voz do Doutor Garrafa, mas não a animação.

— *O que você andou aprontando?*

— Minha sobrinha, Ana Clara, quer falar com você.
Ana Clara interrompe a tia.
— Tem que ser pessoalmente, Didi... e se o seu telefone também estiver sendo monitorado?
— Pessoalmente não, Ana Clara!
— *Eu também voto que pessoalmente é melhor.*
— Deixa eu falar um pouco com ele, Didi?
Didi acena com a cabeça e Ana Clara leva o telefone para mais perto de sua boca.
— Oi, Doutor Garrafa, tudo bem?
— *Vai ficar melhor se você me chamar de Bruno.*
Ana Clara consulta Didi com um olhar. Ela acena que tudo bem.
— Tá certo, Bruno... será que o senhor... será que você poderia se encontrar com a gente... agora?
— *Agora? Não pode ser amanhã?*
— Amanhã pode ser tarde demais.
— *Eu estou em meu escritório, aqui perto da Avenida Paulista. Venham até aqui.*
— Nós... nós não podemos parar.
— *Como é que é?*
— Nosso carro não pode parar... não é seguro... pessoalmente eu explico...
— *Tive uma ideia... vocês estão perto da esquina da Avenida Paulista com a Rua da Consolação?*
— Mais ou menos.
— *Então me esperem na esquina da Avenida Paulista com a Rua da Consolação.*
— Combinado!
Para chegar ao lugar marcado, Didi tem que fazer um contorno passando por baixo de uma espécie de viaduto que fica no final da Avenida Paulista.

— Olha que "da hora", Didi!

Léo se refere às paredes do viaduto, que estão totalmente cobertas por desenhos coloridos de vários estilos e tamanhos. Desenhos de seres estranhos. Formas enigmáticas. Combinações de cores quase inimagináveis.

— Fazia tempo que eu não passava por aqui. Os grafiteiros estão cada vez mais caprichosos.

Mesmo aflita como está, Ana Clara concorda com a tia.

— Tá lindo.... tá parecendo até uma galeria de arte supermoderna a céu aberto!

Quando o carro chega à esquina da Avenida Paulista com a Rua da Consolação, o movimento de pessoas é intenso. Didi tem que tomar cuidado para conseguir se aproximar da esquina sem bater em nenhum carro e também sem atropelar ninguém. Ana Clara quer saber...

— Como é que nós vamos achar o Doutor Garrafa... ou o Bruno... no meio desse mar de gente, Didi?

A garota está certa! É um verdadeiro mar de pessoas de todos os tipos, idades, cores, raças, profissões. Um grupo de estudantes jovens cruza a calçada com mochilas nas costas. Executivos de terno muito apressados nem olham para os lados. Executivas bem-vestidas e muito apressadas nem olham para os lados. Duas índias bem jovens sentadas no chão vendem artesanato. Um homem vende DVDs piratas em uma barraquinha móvel ao lado de um miniposto policial. Um casal de *hippies* vende incenso. Três *punks* quase são atropelados por um padre que passa de bicicleta. Uma garota vende chocolate. Um garoto tenta engraxar os sapatos de um dos executivos de terno muito apressados que passam sem olhar para os lados... trata-se mesmo de um mar de gente!

— Vai ser fácil achar o Bruno, Ana. Geralmente, ele é a pessoa mais bonita, onde quer que ele esteja.

– Descreve ele pra eu poder procurar.
Misturando muita raiva a certa empolgação, Didi começa...
– O Bruno é um pouco mais jovem do que eu... alto... forte...
– Acho, então, que é ele ali na porta da livraria, com uma mochila preta pendurada no braço esquerdo.
Didi está cada vez mais empolgada...
– ... tem os cabelos cor de ouro...
... tão empolgada que não percebe que há certa aflição de Ana Clara quando a garota diz que já reconheceu o tal loiro alto, forte e bonitão.
– ... é ele, sim... não... não pode ser...
Léo se assusta.
– Não pode ser o quê, Ana?
– Os Metálicos...
Didi está quase surda de empolgação...
– ... os olhos são mais azuis do que a água do mar e...
– Se liga no que a Ana Clara tá tentando dizer, Didi.
A advertência de Léo cai como um banho de água fria sobre Didi.
– O que foi?
– ... os Metálicos estão levando o Bruno.

4

ANA CLARA SÓ acredita no que viu porque, quando Léo explica para Didi o que acaba de acontecer, ele descreve os mesmos detalhes que passaram pelos olhos dela.

– ... aí, Didi, os caras com as motos subiram na calçada, quase atropelando aquela índia ali sentada vendendo artesanato... um deles mostrou pro Bruno alguma coisa que parecia uma mistura de telefone celular com *joystick* de *videogame*; eu não consegui ver o que era... bom, aí o outro cara obrigou ele a subir na garupa da moto e os dois saíram cortando os carros do trânsito.

Quando Léo termina sua explicação fica um silêncio absoluto dentro do carro.

– Mas... por que eles levariam o Bruno?

Ana Clara faz um sinal para que Didi fique quieta. A garota se volta para o primo no banco de trás e faz o mesmo sinal. Léo não apresenta resistência à ideia da prima. Ana Clara procura um papel e uma caneta no porta-luvas e escreve...

... *não fala mais nada. "Eles" ouviram a nossa conversa no telefone... ou estão com escutas espalhadas pelo seu carro...*

Didi acha melhor não discordar da sobrinha. Ela faz um sinal de dúvida e aflição levantando os ombros e as sobrancelhas como se dissesse *"mas o que a gente faz agora?"*.

E Ana Clara escreve...

... estaciona o mais rápido que você conseguir; antes que venha mais alguém atrás da gente...

Há um estacionamento um pouco à frente da esquina onde Ana Clara tinha marcado com Bruno. Didi para em uma vaga em que ela pode levar a chave. Assim que descem do carro, o trio sai andando pela calçada. Léo desabafa...

– Eu já não aguentava mais ficar quieto!

O clima é de total tensão. Todos continuam tentando entender o que tinha acabado de acontecer.

– Será que os Metálicos estavam atrás do Bruno?

– Claro que não, Léo.

– Mas os caras foram embora, Ana.

– Nós é que chamamos o Bruno... Eles devem ter achado que o Bruno pode ajudar nos planos deles... ou...

O "ou..." que Ana Clara deixa suspenso no ar não diz nada a ninguém. É Didi quem quer saber.

– Ou?

– ... não foi à toa que eles levaram o Bruno...

Um tanto quanto óbvia a frase de Ana Clara. Mas fica claro que ela quer dizer muito mais do que dizem as palavras que a garota usou.

– ... os Metálicos queriam também nos deixar sozinhos... pra ver o que nós vamos fazer.

– Mas se eles foram embora, Ana, como é que vão saber o que nós vamos fazer?

– Não acredito que você seja tão ingênuo, Léo. Os motoqueiros foram embora. Deve ter outras pessoas acompanhando... ou outros equipamentos rastreando a gente aqui e agora...

Mesmo duvidando um pouco do que Ana Clara está dizendo, Léo e Didi não conseguem deixar de olhar para todos os lados para ver se identificam alguém suspeito. Nada. Aparentemente, nada. A própria Ana Clara também vasculha em volta de onde eles estão, com os olhos grandes e curiosos.
Cruzando os braços, Léo quer saber...
— Tá, então me diz: o que nós vamos fazer?
A pergunta de Léo não alcança Ana Clara. Nem o reforço que Didi faz a ela.
— Isso eu também gostaria de saber, Ana.
Os olhos da garota encontraram algo que prendeu toda a atenção que ela tem.
— Hein, Ana?
— Desculpa, Didi... o que foi que você falou?
— O que nós vamos fazer agora, sem o Bruno?
É ainda mais interessada no que os seus olhos estão vendo a uma pequena distância que Ana Clara responde.
— Eu pensei... que nós devemos ir pra uma *lan house*...
Léo se interessa!
— *Lan*?
— ... pra eu fazer uma consulta na internet... mas... antes...
— Antes o quê, Ana?
A resposta de Ana Clara para sua tia é física. Ou melhor, em vez de responder, a garota caminha na direção de onde não consegue desgrudar os seus olhos.
A atitude de Ana Clara pega Didi totalmente de surpresa.
— Aonde ela está indo, Léo?
Já seguindo a prima, Léo responde.
— Você não tá vendo, Didi?
Ana Clara está indo em direção à garota índia que vende artesanato sentada na calçada.

— Mas o que ela quer com a índia?

A distância entre Ana Clara e a garota índia não era muito grande. Enquanto dá os poucos passos que as separam, Ana Clara percebe que a índia é um pouco mais velha do que ela. Magra, de cabelos pretos compridos e pesados, com um vestido simples verde e sandálias de borracha pretas. Pela roupa e pelos maus-tratos dos cabelos, a garota índia lembra um pouco uma menina de rua. Já a beleza dos traços fortes e da cor escura da pele lembra mais uma rainha índia. Em frente à garota índia, sobre um pano meio encardido, esculturas de madeira de onças, corujas, urubus e de alguns bichos que Ana Clara não consegue identificar.

Quando percebe que há uma garota indo em direção a ela, a garota índia crava os olhos assustados nos olhos de Ana Clara e contrai um pouco o corpo, como se quisesse se proteger de um possível inimigo. Ana Clara sorri.

— Não fica com medo...

A garota índia se retrai ainda mais. Seus olhos atentos conferem cada detalhe de Ana Clara e de seus movimentos. Ana Clara sabe que precisa ganhar a confiança dela, mas também sabe que não tem tempo a perder.

— ... eu não vou te fazer mal...

Os músculos dos ombros da garota índia começam a relaxar. Ponto para Ana Clara! Tomando todo cuidado para não fazer movimentos bruscos, ela se ajoelha em frente à garota índia.

— ... meu nome é Ana Clara...

Léo e Didi, que acabam de chegar, resolvem ficar um pouco afastados.

— ... não tinha uma outra índia com você?

Os movimentos da garota índia mostram que a primeira coisa em que ela pensa é fugir. Mas alguma coisa

dentro dela faz com que a garota índia mude de ideia e relaxe um pouco mais. É Ana Clara quem continua falando...
— Ela fugiu dos homens das motos, não foi?
A garota índia balança a cabeça afirmativamente.
— E por que você não fugiu com ela?
— Não acreditei no que Puama disse.
— Eu posso saber o que ela disse?
As palavras saem da boca da garota índia com clareza e também com um tipo de sotaque que as deixa estranhamente suaves. É como se os sons não esbarrassem em nenhum obstáculo. Nem na garganta, nem nas cordas vocais. É quase como se fosse um voo de passarinho.
— Que eram eles...
— "Eles" o quê?
— ... que iam trazer o perigo.
— Como assim?
— Todo mundo sabe que hoje é a noite mais perigosa.
— Eu não sei.
— Todos os índios sabem... é a noite do alinhamento circular.
— Alinhamento circular? O que é isso?
— Sei lá.
— Você não disse que todos os índios sabem?
— Eu disse que todos os índios sabem que essa é a noite mais perigosa.
— Mas e esse alinhamento circular?
— Já disse que eu não sei. Só sei que a Puama falou que o Xamã viu que o maior perigo dessa noite ia chegar nos urubus de aço e nos cavalos de aço.
— Como o Xamã viu isso?

– E como é que Xamã vê as coisas? Nos sinais da natureza... da fumaça... acho que eu já falei demais.
– Continua. Por favor.
– Quando a Puama viu os homens em cima dos cavalos de aço subindo na calçada, ela achou que eles vinham pro nosso lado e fugiu.
A ideia de cavalos de aço não é muito difícil para Ana Clara entender – o Xamã deveria estar falando sobre as motocicletas. E os urubus? Claro que deveriam ser os helicópteros pretos dos Metálicos. Só que Ana Clara ainda não tinha visto nenhum dos helicópteros usados por eles, desta vez.
– Você já viu os urubus de aço?
A garota índia faz um sinal afirmativo com a cabeça.
– Onde?
– Lá perto da nossa aldeia.
– E onde fica a sua aldeia?
Os olhos da garota índia estão começando a desconfiar da simpatia e da chuva de perguntas de Ana Clara.
– Você tá querendo saber muito.
Não há outra alternativa para Ana Clara a não ser usar de sinceridade.
– É que nós também estamos em perigo.
Mesmo desconfiando do que acaba de ouvir, a garota índia não consegue duvidar totalmente.
– Você não tem cara de quem tá em perigo.
– Você viu aquele moço alto que os homens levaram?
– Claro que vi... um bonitão.
– Você conseguiu ouvir o que os homens dos cavalos de aço falaram com ele?
Antes de responder, a garota índia pensa muito bem no que vai dizer!
– Não.

— Esses homens têm um plano... e esse plano tem a ver comigo, com a minha tia e o meu primo.
— Que plano é esse?
— É justamente isso o que eu... ou melhor, o que nós estamos tentando descobrir. Aquele moço bonitão foi levado porque ia nos ajudar... só que, pelo visto, eles não querem que ninguém nos ajude.
— Ajudar como?
— Ele conhece muito bem a história da cidade de São Paulo...

O que acaba de ouvir interessa muito à garota índia.
— O que a história de São Paulo tem a ver com isso?
— É exatamente isso o que eu ia tentar descobrir com o moço alto e bonito, entende?

Quanto mais à vontade a garota índia fica, mais aumenta a sua desconfiança em relação ao que está ouvindo.
— Tô começando a entender... e agora, como você vai fazer pra saber as coisas que o moço alto e bonito ia dizer?

Ana Clara não ignora que está sendo testada.
— Eu, minha tia e meu primo vamos até uma *lan house*. Você sabe o que é *lan house*?
— Mais ou menos.

Óbvio que a garota não sabe.
— É um tipo de lanchonete que tem um monte de computadores ligados à internet e...
— Eu sei muito bem o que é uma *"la" house*.

Achando melhor não corrigir a garota índia, Ana Clara apenas sorri.
— ... eu preciso fazer uma pesquisa na internet.
— Pesquisa?

Pode estar na resposta que Ana Clara dará a chance para ela finalmente conseguir atrair a garota índia.

— Desculpa, mas eu não posso dizer... pelo menos por enquanto.
— Pesquisa... pesquisa... será que a sua pesquisa vai ajudar a proteger meu povo do perigo que o Xamã viu?
— Não dá pra eu garantir...
Ao concordar com a garota índia, Ana Clara toma todo cuidado para não mostrar muita empolgação. Ela não quer assustar de novo a garota.
— ... mas pode ser que ajude, sim.
— Ana Clara... é Ana Clara, né?
— Hum-hum.
— Ana Clara, posso ir com vocês na *"la" house*?
Mais um ponto para Ana Clara!
— Tudo bem.
Para que a garota índia não tenha tempo de mudar de ideia, Ana Clara se oferece para ajudar a guardar as esculturas de madeira na bolsa de palha. A garota índia se recusa a aceitar.
— Não põe a mão em nada.
Ana Clara não questiona e vai contar para Didi e Léo o que acaba de acontecer. Didi é contra!
— Você tá louca, Ana? Nós não sabemos nada sobre essa menina... aliás, o pouco que nós sabemos, pra mim, é terrível!
— Terrível?
— É muito triste ver uma menina... ainda quase uma criança... trabalhando... tendo que trabalhar para sobreviver. Ainda mais uma menina índia... os verdadeiros donos do Brasil. Criança tem que estudar... brincar... vamos deixar essa menina em paz, Ana!
— Didi, não vai me dizer que você acha que foi por acaso que essa índia apareceu no nosso caminho!
— ... e você não vai me dizer que ela é um dos sinais

matemáticos no enigma que você está inventando nessa sua mente fértil!

Ana Clara se ofende!

— Não acredito que, depois de tudo o que nós já passamos juntas, Didi, você ainda diga isso!

Para sua contrariedade, Didi é obrigada a concordar com a sobrinha.

— Desculpe, Ana... é que eu ainda estou sob o impacto do constrangimento de ver uma criança trabalhando... e do sumiço do Bruno.

Léo, que até agora tinha ficado quieto, resolve entrar na conversa.

— Acho que nós devemos tomar cuidado, Ana.

— Como assim?

O garoto chega mais perto da prima, para sussurrar.

— Confiar, desconfiando.

Também é sussurrando que Ana Clara responde ao primo.

— Fica tranquilo, Léo... e quer saber mais: a índia também está confiando, desconfiando de nós. Deixem comigo!

Didi abraça a sobrinha.

— Cada vez que você repete essa frase, eu sinto um frio na espinha!

— Vamos logo para a *lan*... cada minuto é muito.

— Exagerada!

— Se liga, Léo!

No caminho, que é curto, Didi e Léo se apresentam para a garota índia, que cumprimenta os dois com um aceno de cabeça, mas continua sem dizer o seu nome...

— Depois eu digo.

... ela não fala muito, mas está bastante atenta a cada letra do que escuta.

— Como é que nós vamos fazer para tirar o Bruno dessa?

Achando um pouco absurdo o que acaba de escutar, Léo corrige a tia.

— Se fosse só ele, estava fácil, Didi. Tem também o Marcão...

Ana Clara corrige o primo e a tia.

— E nós? Vocês acham que nós estamos salvos, é? Nós e todo mundo que mora em São Paulo?

Léo pensa em chamar a prima de exagerada novamente. Porém alguma coisa dentro dele faz com que desista. Talvez ele não ache que desta vez Ana Clara esteja exagerando.

— Melhor eu ficar quieto.

Assim que colocam os pés dentro da *lan house*, Léo vê duas vitrines cheias de salgadinhos... e sacos de batatas... e chocolates... e uma geladeira carregada de refrigerantes.

— Essa correria toda me deixou morto de fome, Didi.

— Que correria, Léo? Você ficou sentado o tempo inteiro.

— Se liga, Didi.

Vendo que a garota índia se plantou em frente às vitrines e que mastiga com os olhos cada detalhe das cores das embalagens que ela vê atrás do vidro, Didi pensa melhor e...

— Você tá com fome?

Com a saliva quase escorrendo pelos cantos da boca, a garota índia tenta disfarçar.

— Se eles forem comer, eu posso aceitar alguma coisa.

Pelo "alguma coisa" da garota índia, entenda-se que ela aceitou três coxinhas, duas empadas, um saco de batatas fritas... duas barras de chocolate ao leite – um branco e o outro preto – e uma lata de refrigerante; praticamente o dobro do que comeram Léo e Ana Clara... juntos!

– Pra quem não fala muito, até que você come bastante, hein?

Em vez de se ofender com a brincadeira de Léo, a garota índia sorri para ele e responde...

– E para quem come tão pouco, você até que fala bastante.

O clima entre Léo, Ana Clara e a garota índia já é quase descontraído.

– Vamos pra um computador.

Didi paga por uma hora de acesso à internet. Ana Clara escolhe um computador de canto, onde ela, Léo, a garota índia e Didi possam ficar juntos e sossegados.

– Vamos entrar com a minha senha, Ana... meu provedor de acesso é mais rápido do que o seu.

– Se liga, Léo! Se nós entrarmos com as nossas senhas, eles vão saber exatamente o que estamos fazendo. Foi por isso que eu quis vir a uma *lan*. Aqui não precisa de senha nenhuma.

– Foi mal.

– Deixa que eu digito...

– Exibida!

– ... eu sei muito bem o que eu quero pesquisar.

Mostrando o que acaba de dizer, super-hiperdecidida Ana Clara senta-se à frente do teclado, confere a página que está aberta no computador...

– Acho melhor usar um buscador mais completo...

... depois de digitar o endereço, Ana Clara vê se formar à sua frente a tela principal do *site* de busca. No alto da tela, se forma o nome do site de busca com letras azul, vermelha, amarela, azul, verde e vermelha. Um pouco abaixo, tem um espaço onde está o cursor piscando e só esperando que seja digitado o nome ou assunto a ser pesquisado. Com todo cuidado, Ana Clara digita...

... *Edifício Copan*.

O acesso é rápido! Em poucos segundos forma-se na tela do computador uma tela com as várias opções de informação sobre o Edifício Copan. Na primeira delas, Ana Clara fica sabendo que existem aproximadamente 150 mil opções de informações sobre o Edifício Copan na internet.

– Quanta coisa!

Os olhos de Ana Clara conferem os primeiros títulos das opções: *Edifício Copan, Copan, São Paulo 450 anos, Bem-vindo ao Copan 2001, Cidade de São Paulo...*

– Acho que eu vou entrar nessa enciclopédia virtual.

– Enciclopédia virtual?

Léo se antecipa a Ana Clara na explicação.

– É uma enciclopédia livre, onde todo mundo pode incluir informações.

A garota índia faz cara de confusa. Mesmo sem querer, Léo usa um tom um tanto quanto superior para perguntar...

– Você sabe o que é uma enciclopédia?

A pergunta de Léo deixa a garota índia um tanto quanto furiosa.

– Em que mundo você pensa que eu vivo, Léo?

– Calma! Eu só fiz uma pergunta.

– Uma pergunta cheia de preconceito... e que me faz achar que, como a maioria das pessoas, você pensa que, por ser índia, eu sou ignorante.

A fúria da garota índia faz com que ela aumente um pouco o volume de sua voz e chame a atenção de algumas das pessoas que estão usando os outros computadores. Quase sussurrando, Ana Clara dá uma quase bronca...

– Acho que você tá exagerando.

Pela cara de culpa que ela faz, a garota índia concorda com Ana Clara.

– Foi sem querer.
– Posso continuar a minha pesquisa?
Como ninguém diz nada, Ana Clara entende que sim. Mexendo no *mouse* sobre a mesa, ela faz o cursor do computador chegar até a segunda opção da lista oferecida pelo *site* de busca.
Léo, Didi e a garota índia se curvam sobre a tela do computador.
Enquanto espera as imagens da página se formarem, os olhos de Ana Clara vasculham os primeiros blocos de texto que vão aparecendo...
... *o Copan é um dos mais importantes e míticos edifícios de São Paulo...*
Ao ler a palavra "míticos", Ana Clara sente um arrepio.
– O que é "mítico" mesmo?
Didi tenta responder à pergunta de Léo...
– É um assunto sobre o qual se criam muitas histórias, Léo.
Mas parece que a garota índia não gosta muito do que ela escuta!
– ... é o que há de mais verdadeiro.
Léo fica confuso em qual das duas respostas ele quer acreditar.
Mas não tem tempo de questionar. Tem muitas informações novas que se formaram na tela do computador e que precisam ser conferidas.
... *o Copan foi criado pelo arquiteto Oscar Niemeyer... a estrutura de concreto armado lembra uma onda...*
Ana Clara está ficando irritada!
– Não é nada disso que eu quero saber...
– Por que tanta irritação, Ana?
– ... números... nós precisamos dos números do Copan, Léo.
Como se estivesse só esperando o pedido da irritada garota de olhos grandes, o *site* de informações faz brotar

na tela do computador um bloco de texto chamado "Dados do Edifício"...
... *são 20 elevadores... 221 vagas de garagem... 1.160 apartamentos...*
A cada nova linha de informação, aumenta a ansiedade de Ana Clara!
– Vai logo!
... *108 funcionários... 2.500 moradores... 32 andares...*
– Droga! Acho que o que eu quero saber não está aqui!

Como se quisesse testar a capacidade de saber esperar de Ana Clara, assim que ela faz a última reclamação, o *site*, finalmente, mostra o que ela estava querendo saber desde que pediu para Didi que fossem até a *lan house*:
... *a altura total do Edifício Copan é 115 metros...*
O número apresentado funciona como um banho de água fria sobre a empolgação-animação de Ana Clara!
– 115!

O grito de protesto que ela dá chama muito mais a atenção dos usuários dos outros computadores do que a fúria da garota índia para a pergunta de Léo há alguns minutos.
– ... não pode ser...

Depois de lançar um sorriso amarelo pálido de desculpas, a garota volta a se indignar... só que sussurrando!
– ... 115, não pode ser!

Está difícil para Didi acompanhar o raciocínio de Ana Clara.
– O que não pode ser, Ana?

Para Léo, nem tanto...
– Procura em outro *site*, pra conferir, Ana.
– Boa ideia, Léo.

Enquanto Ana Clara volta ao guia de busca e escolhe

outro *site* de informações sobre o Edifício Copan, Léo tenta explicar para a tia.

– ... quando fez a ameaça de colocar o Edifício Copan abaixo, a Velha Senhora falou em 111 metros.

– Será que a Velha Senhora não se enganou?

Já conferindo no outro *site* a mesma informação – que o Edifício Copan tem 115 metros de altura –, Ana Clara responde a Didi...

– A Velha Senhora sabia muito bem sobre o que estava dizendo, Didi. Nesse tipo de coisas, ninguém comete enganos.

A garota índia não aguentando mais ficar de fora da conversa...

– Que velha é essa?

Enquanto espera abrir o terceiro *site* para conferir mais uma vez se a informação está certa, Ana Clara responde.

– Eu não sei exatamente, mas ela trabalha com os Metálicos.

– Os homens dos cavalos de aço?

– É.

A risada irônica que a garota índia solta incomoda, intriga e quase ofende Ana Clara.

– Por que é que você tá rindo?

– Se essa conversa de derrubar o prédio tem a ver com o mesmo assunto que o Xamã disse, pelo que nós estamos lendo aí no computador, você tá procurando o prédio errado...

Os olhos de Ana Clara, de Léo e de Didi quase saltam da órbita enquanto eles esperam a continuação que a garota índia pretende dar ao que ela começou a falar... se é que ela pretende.

5

— POR QUE VOCÊS estão me olhando com essas caras?

A ironia da garota índia ofende Léo. Fica parecendo, para o garoto, que ela está se divertindo à custa dele, de Ana Clara e de Didi.

— Se liga, ô...

Não saber o nome da garota índia deixa Léo mais bravo.

— ... aliás, você não vai falar o seu nome, não?

A ofensa e a bronca de Léo não perturbam nem um milímetro da segurança da garota índia.

— Não... por enquanto, não. Ainda mais pra você...

— Tá legal, "índia sem nome"... você tá achando que nós somos otários?

Didi acha que Léo está exagerando.

— Pega mais leve, Léo.

Ana Clara concorda com Didi, mas não totalmente.

— Tudo bem que o Léo exagerou no jeito de falar, Didi, mas, no que ele disse, eu concordo com o meu primo...

Mudando o foco de seu olhar para a garota índia, é com ela que Ana Clara continua falando.

— ... você tem certeza de que não sabe por que nós estamos olhando você com essas caras, "índia sem nome"?

A maneira como Ana Clara reforça o final de sua frase – "índia sem nome" – é para a outra garota entender que ela está tão enfezada quanto Léo, só que de um jeito mais calmo, seja lá o que isso possa significar.

A garota índia não diz nada. Ela segura o olhar penetrante de Ana Clara com um olhar ainda mais penetrante... e misterioso. Ana Clara insiste...

– Por que você resolveu vir com a gente até aqui?

Tomando o máximo de cuidado com cada palavra que dirá, a garota índia começa a falar...

– Eu também acho que as coisas não acontecem por acaso.

A pausa que ela faz é para que Ana Clara diga alguma coisa; só que ela prefere ficar quieta. E a garota índia é obrigada a continuar...

– Se o tempo colocou nós duas juntas, é porque, quem sabe, uma pode ajudar a outra...

Essa ideia de terem sido aproximadas pelo tempo começa a agradar e a relaxar Ana Clara.

– Sei.

– ... pelo que eu entendi da conversa do Xamã, o perigo de que ele falou e que é muito grande... e pode até pôr tudo a perder... não tem nada a ver com destruírem o prédio que você viu aí na internet.

– Por que você acha isso?

– Porque no computador tá escrito que esse prédio foi construído...

A garota índia confere a tela do computador para confirmar o que vai dizer.

– ... esse prédio começou a ser construído em 1957.

– E daí, "índia sem nome"?

Não há por que a garota índia se ofender com a pergunta

de Léo, quando se intromete na conversa. O garoto tomou todo cuidado para não ser mal-educado.

– E daí, menino bravo e preconceituoso, que o Xamã falou pra Puama que tudo o que está pra acontecer tem a ver com o começo... com o começo de tudo...

As perguntas de Léo e de Ana Clara se atropelam nos ouvidos da garota índia...

– Que começo é esse?
– Tudo o quê?

... ao mesmo tempo que o celular de Didi começa a tocar na bolsa, enquanto ela o procura, adverte...

– Assim vocês confundem a menina.
– Se liga, Didi. Ela é que tá confundindo a gente, falando as coisas em código.

A garota índia não gosta do que acaba de ouvir do Léo.

– Não tô confundindo ninguém.
– Ah, não?! Então, tenta dar um pouco de sentido ao seu jeito de falar... você disse que o tempo juntou você e a Ana Clara... que o perigo tem a ver com o começo... com o começo de tudo... isso é jeito de falar?
– Só porque a sua maneira de ver as coisas não consegue ver sentido no que eu digo, você acha que o que eu digo não tem sentido?
– É.
– Sabe o que é isso?
– Sei... quer dizer, acho que eu sei.
– O que é, então?

Léo está cada vez mais confuso com a segurança da garota.

– Só sei entender, não sei explicar.
– Então eu explico: isso é ideia de colonizador...

Ao ouvir a palavra "colonizador" sair da boca da garota índia, Didi fica tão surpresa que durante alguns segundos até se esquece de procurar o telefone celular, que não para de tocar.

– ... colonizador que acha que o mundo só tem um jeito de ser entendido... e que esse jeito é o dele.

Por incrível que pareça, a discussão da garota índia com Léo está deixando a garota cada vez mais simpática aos olhos de Ana Clara...

– Deixa a menina, Léo.

... e também aos olhos de Didi, que, finalmente, encontra o telefone dentro da bolsa... e quase cai para trás ao ver o nome que está piscando na tela de cristal líquido do aparelho.

Bruno chamando... Bruno chamando...

– Bruno?

Quando consegue se recuperar do susto e atender a ligação, Didi repete.

– Bruno?

A voz do outro lado da linha está cada vez mais confusa, assustada, ofegante...

– *Dá pra você me explicar o que tá acontecendo?*

E agora? Didi não tem a menor ideia de como responder!

– Tá... tá tudo... bem... Bruno?

Além de confusa, assustada e ofegante, a voz de Bruno está agora, também, furiosa.

– *Claro que não... o que tá acontecendo, Mirtes???*

Mirtes? Didi nem se lembrava que esse é o seu nome. E mais: Bruno nunca chamou Didi de Mirtes. Muito menos com tantos sinais de interrogação!

– Onde... onde você tá, Bruno?

– *Exatamente no lugar em que nós marcamos... na esquina da Avenida Paulista com a Rua da Consolação.*

– Não... não pode ser...

Se as coisas já estavam confusas para Didi, agora é que pioraram.

— ... A... Ana Clara, me ajuda...

É entregando o telefone celular para Ana Clara que Didi continua falando...

— ... O Bruno tá me dizendo que ele está onde nós marcamos.

— Como é que é, Didi?

— *Quer prestar atenção em mim, garota?*

— Desculpa, Bruno.

— *Onde vocês estão?*

— Em uma *lan house* aqui na Alameda Santos, paralela à Avenida Paulista... a Didi disse que você...

— *Eu quero me encontrar com vocês... AGORA!*

Ana Clara tapa a entrada de som do telefone celular para falar com Didi.

— Ele tá furioso, Didi.

— Isso eu já sabia.

— Vou chamar ele aqui. Não, tive outra ideia... Você ainda tá aí, Bruno?

— *Claro que sim.*

— Você pode se encontrar com a gente em um dos cafés da galeria do Conjunto Nacional?

— *Tô chegando.*

Bruno desliga o telefone. Ana Clara também. Os cabelos de Léo estão totalmente arrepiados.

— Não tô entendendo mais nada de novo.

— Nem eu, Léo. Nós dois não vimos o Bruno sendo levado pelos homens de terno cinza?

— Vimos.

Didi é a primeira a se levantar...

— Acho melhor irmos logo... homem bonito, quando fica bravo, fica horrível!!!

A garota índia protesta!
— Mas e a nossa conversa...
Ana Clara se levanta, puxa a garota índia pela mão e segue Didi e Léo em direção da porta.
— Vem comigo, índia sem nome, daqui a pouco a gente continua.
Já na calçada e parcialmente recuperado do susto, Léo começa a pensar melhor nos últimos acontecimentos.
— Não tô gostando nada do que eu tô pensando.
Só pelo tom de voz de seu primo, Ana Clara entende que deve prestar mais atenção nele.
— Por que, Léo?
— Se liga, Ana: tem alguma coisa errada.
— Claro que tem.
— Os Metálicos pegaram e devolveram o Bruno... por que eles fariam isso?
— Aonde você tá querendo chegar?
— Pode ser uma armadilha... e se o cara passou pro lado deles?
Didi acha absurdo o que acaba de ouvir.
— Impossível, Léo.
— O Léo pode estar certo, Didi.
— Mas fomos nós que chamamos o Bruno, Ana.
— Mas, daí pra frente, perdemos o controle sobre o que aconteceu com ele.
Didi se ofende!
— Ana, o Bruno pode ser tudo: preguiçoso, atrasado, pão-duro... mulherengo... um péssimo namorado, mas desonesto ele não é.
— Não estou falando sobre desonestidade, Didi. Não esqueça que esses caras são cientistas.
O que acaba de ouvir deixa a garota índia mais ligada.

— Cientistas?
— Depois eu te explico... Didi, acho melhor nós irmos com calma na conversa com o Bruno.
— Também acho, Didi.
Contrariada, Didi confere as expressões de Léo e Ana Clara.
— Então é melhor eu não dizer nada. Vou deixar vocês falarem, até a gente sentir o que aconteceu... ou está acontecendo... eu nunca tive tanta dificuldade para conjugar verbos!
Diferente do que a voz dele parecia ao telefone, quando Ana Clara, Léo, Didi e a garota índia se encontram com Bruno no andar térreo da galeria do Conjunto Nacional, o loiro alto e bonitão não parece exatamente furioso. Ele está pálido, confuso e assustado. A cada passo de Bruno, aumenta a euforia da garota índia...
— Parece que, quanto mais perto a gente chega dele, mais a beleza do moço aumenta.
Pela primeira vez Didi percebe que a garota índia é alguns anos mais velha do que Ana Clara, e não gosta muito de ter percebido isso. Mas não tem tempo de mostrar seu desagrado. Bruno já chega perguntando...
— Em que confusão você me meteu, Didi?
Ana Clara acha melhor ela chamar a responsabilidade para seus olhos negros.
— Eu explico, Bruno...
Bruno está, de fato, muito assustado.
— ... o que eles fizeram com você?
Ele nem percebe a mínima manobra que Ana Clara acaba de fazer.
— Enquanto eu esperava vocês, dois motoqueiros chegaram perto de mim, subindo na calçada com as motos e tudo. Não eram exatamente motoqueiros como esses garotos que

andam fazendo entregas pela cidade. Eram homens de ternos cinza e elegantes. Pelas vozes, mais velhos do que os garotos. Eu não vi os rostos deles. Os caras nem tiraram os capacetes. Um deles abriu um tipo de telefone celular com uma tela relativamente grande, me mostrou a foto do Paco e...
— Quem é Paco?
Bastante aborrecida, Didi responde ao sobrinho.
— É o filho do Bruno, Léo.
— O cara tem filho, Didi?
— Ele já foi casado.
— Ah!
— ... o Paco tem mais ou menos a sua idade, Léo. Deve ser um pouco mais velho. Bom, aí, o cara me mostrou uma foto recente do meu filho e disse, ou melhor, ameaçou que, se eu tivesse um mínimo de amor por aquele garoto, era pra eu fazer exatamente o que ele mandasse.
— Eles sequestraram o seu filho?
— Calma, Ana Clara.
— Desculpa, Bruno. Continua...
— Aí, o outro motoqueiro falou pra eu não dizer nada e nem olhar para os lados. Só pra subir na garupa dele. Eu fiquei confuso e sem saber se eles tinham sequestrado o Paco e se estavam me sequestrando ou sei lá o quê... Subi na moto e o cara deu a partida. O outro motoqueiro veio atrás da moto onde eu estava, escoltando. O cara atravessou a Avenida Paulista inteira, contornou a Praça Oswaldo Cruz e desceu em direção à Avenida Vinte e Três de Maio. Quando ele estava mais ou menos perto do centro da cidade, recebeu uma chamada telefônica. Do que eu consegui entender da conversa, era pra eles voltarem e me devolverem onde tinham me pegado.

Léo está incrédulo!
— Devolver?

– Os motoqueiros fizeram o contorno do Vale do Anhangabaú, voltaram pela Avenida Nove de Julho, subiram em direção ao MASP e me deixaram exatamente onde me pegaram. Eu perguntei sobre o meu filho. Um deles disse que não tinha acontecido nada com o Paco... disse inclusive o apelido dele... mas que, se eu tentasse fazer alguma coisa, ia acontecer... Assim que eles foram embora, eu liguei pra mãe do Paco e, de fato, estava tudo em ordem com ele e com ela. Eu expliquei mais ou menos o que tinha acontecido e pedi que eles não saíssem de casa, até que eu apurasse o que está acontecendo... se era algum tipo novo de sequestro-relâmpago...
Bruno respira fundo...
– ... alguém pode me explicar o que está acontecendo?
Quase ignorando Bruno, Léo fala com Ana Clara.
– Como eles ficaram sabendo do filho do Bruno?
É como se ainda estivesse concluindo alguns detalhes de um raciocínio que Ana Clara responde. Ou melhor, pergunta, e não para Léo, mas para Bruno:
– No seu telefone celular tem fotos do Paco, Bruno?
– Claro que tem...
É o ciúme de Didi que reforça a frase de Bruno.
– ... é o que mais tem.
– E tem a foto que eles mostraram, Bruno?
– Não sei. Eu estava muito nervoso.
Ana Clara mata a charada!
– Acho que os Metálicos conseguiram grampear o telefone do Bruno a partir da ligação do telefone da Didi, que também devia estar grampeado, e vasculharam o telefone dele à distância.
É quase como quem pede socorro que Bruno pergunta:
– Por favor, alguém pode me explicar alguma coisa que tenha lógica?

A aflição de Bruno deixa Ana Clara quase emocionada. E ela começa a falar:
— Bruno, bem que eu queria poder responder a essa pergunta. Mas o que eu sei... o que nós sabemos... é que os caras que quase levaram você são a ponta de um *iceberg*... eles fazem parte de alguma coisa muito perigosa e que tá pra acontecer aqui em São Paulo.

A primeira ideia que vem à mente de Bruno é que o perigo seja relacionado à violência urbana.
— Eles são sequestradores??
— É outro tipo de perigo.
— Nuclear?
— Não sei.

Bruno confere a garota índia ao lado de Ana Clara.
— Ecológico?
— Não sei.
— Extraterrestre?
— Não adianta você ficar arriscando palpites.
— Então que perigo é esse?
— Acho que ele mistura ciência e... é difícil explicar... o que eu sei é que eles são cientistas... e que estão dispostos a destruir São Paulo...
— Destruir São Paulo?
— ... se eles não conseguirem levar o que querem.

Bruno se esforça para não achar absurdo o que está ouvindo.
— Mas... ninguém destrói uma cidade... assim...
— Mais ou menos, cara.
— Como é que vão destruir São Paulo, Léo?
— Depois dos atentados de 11 de Setembro, em Nova York, ninguém pode dizer que a ideia de destruir uma cidade seja impossível.

Parece que as coisas começam a fazer um mínimo de sentido na cabeça de Bruno.
– Então esses cientistas podem ser terroristas?
– Não é isso o que o Léo tá querendo dizer, Bruno.
– Deixa que eu mesmo me explico, Ana.
– Desculpa.
– Valeu. Em Nova York, o que caiu foram as torres gêmeas, mas foi como se a cidade inteira tivesse vindo abaixo.
– Tá, mas e aí? O que esses caras querem?
É Ana Clara quem continua...
– É exatamente isso o que nós precisamos saber, pra tentar fazer alguma coisa.

Conferindo o grupo a sua frente – três adolescentes e uma mulher adulta –, Bruno quase acha graça. Como é que aquele mínimo e precário grupo conseguirá fazer alguma coisa contra cientistas dispostos a destruir uma cidade como São Paulo?

– Como nós vamos fazer isso, eu ainda não sei...

Quando Ana Clara fala como se estivesse respondendo ao que ele acaba de pensar, Bruno se assusta.

– ... só sei que nós não temos outra alternativa a não ser tentar, Bruno.

– Como... como... é que você sabe o que eu pensei?

Ana Clara não diz nada. Didi chega mais perto de Bruno.

– As coisas com essa garota são um pouco fora do normal...

– Não fala assim, Didi.

– ... pelo menos não são tão normais quanto são com as outras garotas.

Assim como ainda há pouco achava absurdo o que ouvia, agora, para Bruno, fica parecendo absurdo duvidar.

– E onde é que eu entro nessa história toda?

— Uma das poucas coisas que eu já sei é um número.
— Número?
— Eu falei por telefone com um deles... a Velha Senhora... que deixou escapar... ou disse de propósito... que eles vão levar o que querem nem que para isso seja preciso pôr abaixo os 111 metros...
— 111 metros? 111 metros... do quê?
— Como nós estávamos na casa da Didi, eu pensei que era o Edifício Copan... tanto que eu fui na *lan house* pesquisar... mas o Copan tem 115 metros... e a Velha Senhora não erraria uma coisa dessas.

A história de Ana Clara divide Bruno ao meio. Metade do loiro bonitão está achando que está ouvindo uma história sem pé, sem cabeça e sem o menor sentido. Mas a outra metade está curiosa e pensa em tudo o que ouviu tentando encontrar algum sentido com pé, cabeça, tronco e membros.

— Repetindo: onde é que eu entro nessa história?
— A Didi disse que você é uma das pessoas que mais conhecem a história de São Paulo.
— Eu não sabia que a Didi andava me elogiando por aí.

Didi fica vermelha de vergonha.

— É bom não se acostumar, Bruno.

Ana Clara traz a conversa de volta para onde interessa a ela...

— Eu preciso saber mais detalhes sobre São Paulo, pra tentar descobrir o que a Velha Senhora quis dizer... o que ela quer fazer... pra saber como é que nós vamos conseguir impedi-la.
— Você não está se achando um pouco pretensiosa demais, não, garota?

Sem nem ao menos piscar, Ana Clara responde.

— Eu não posso me achar pretensiosa. Senão, eu estrago tudo.

A segurança de Ana Clara é tanta que é impossível Bruno achar que ela esteja brincando ou inventando alguma coisa. Agora, a parte de Bruno que acredita no que está ouvindo já beira os sessenta por cento.

– Quer dizer que estamos sendo guiados pela intuição... ou premonição... ou sei lá o que... de uma... uma... como é que eu posso chamar você?

É sem se ofender com o tom quase irônico de Bruno que Ana Clara responde.

– Me chama do que você quiser, desde que você nos ajude.

A resposta segura e afetiva de Ana Clara faz com que a certeza de Bruno salte agora para oitenta e cinco por cento; e ele confere com mais atenção a garota índia, que não desgruda os olhos de cada detalhe dos movimentos dele.

– E essa menina índia?

Ana Clara resume para Bruno o encontro – se é que se pode chamar de encontro! – com a garota índia, a conversa que eles já tiveram; desde a história do alinhamento circular até o ponto em que Léo começou a brigar com ela. Bruno sorri para a garota índia.

– Então, o Xamã da aldeia dela também previu o mesmo perigo?

– Previu um perigo. Não sei se é o mesmo. Você sabe alguma coisa sobre o alinhamento circular?

Antes de responder, Bruno pensa muito bem no que pretende dizer...

– Sei pouco. Nunca me interessei por isso e nem encontrei muitas informações. Parece que é uma lenda comum a todos os índios...

Os olhos de Bruno conferem atentamente a garota índia.

— ... como é o seu nome?

Todo o interesse da garota índia por Bruno desaparece. O senso de autopreservação fala mais alto.

— Por que todo mundo quer saber o meu nome?

— Desculpe. O que você acha que o Xamã quis dizer com "o começo de tudo"?

Quando faz essa pergunta, Ana Clara percebe que, dentro dele, Bruno parece já ter a resposta. E a garota índia...

— Você acha que vou saber decifrar o que o Xamã diz?

— Você não sabe?

— Não adianta nem tentar saber.

— Como assim?

— Tem que perguntar pra ele.

— Você acha que ele nos receberia?

Parece que Ana Clara está entendendo aonde Bruno quer chegar. E parece, também, que ela não gosta nada do que está entendendo. Ana Clara continua quieta.

— Como é que eu vou saber?

— Nós podemos ir até a sua aldeia, tentar falar com ele?

É Ana Clara quem responde e não a garota índia.

— Acho melhor não.

Todos os olhos se voltam surpresos para Ana Clara. Menos os olhos da garota índia. Eles também encaram Ana Clara, só que furiosos e desafiadores, enquanto ela a contradiz...

— Acho que podem, sim.

Ana Clara insiste.

— Melhor não.

A garota índia também insiste.

— Vamos, sim.

A segurança de Ana Clara começa a ceder. Bruno está começando a dominar a situação.

– Onde é que fica a sua aldeia?
– Lá no fim da cidade.
Léo se assusta.
– No fim da cidade? Deve ser longe, a cidade é enorme e como é que você faz pra vir vender artesanato na Avenida Paulista?
– Pego três ônibus e um metrô.
– Então nós vamos levar um tempão pra chegar lá. Ainda mais a essa hora, tá quase anoitecendo.
– Eu já disse que é pra gente não ir, Léo.
Ninguém está entendendo muito bem a resistência de Ana Clara. Didi é a que menos entende.
– Mas, Ana... você não queria que o Bruno ajudasse...
– Ainda quero...
É nesse momento que uma imagem passa como um facho de luz pela imaginação de Ana Clara...
– ... mas ir até a aldeia da...
... a imagem do urubu aterrissando no parapeito da janela do apartamento de Didi.
– ... ir até a aldeia da índia sem nome agora só vai piorar as coisas...
Ana Clara não tem a menor ideia do que aquela estranha imagem quer dizer. Pelo menos não por enquanto. Mas a imagem revigora as forças de Ana Clara, que, tomando de novo o foco da história para ela mesma, encara Bruno.
– ... você sabe muito bem o que o Xamã quis dizer com "o começo de tudo"...
Bruno não consegue encarar por muito tempo o olhar de Ana Clara. Até ela está surpresa com o que acaba de dizer; mas completa:
– ... não sabe, Bruno?

6

COMO SE ELE estivesse se recuperando de um susto, de um tombo ou sabe-se lá do que, Bruno levanta novamente os olhos para Ana Clara e encara a garota com um olhar frio.

– Pra começar, não fale comigo desse jeito...

A garota sente um tremor atravessar o seu corpo.

– ... em segundo lugar, não sei onde eu estava com a cabeça quando falei em ir para a aldeia, falar com o Xamã...

Enquanto fala, Bruno começa a remexer na mochila procurando alguma coisa.

– ... talvez tenha sido o susto com a história do quase sequestro do meu filho...

Finalmente Bruno encontra o que procurava: uma caneta e um bloco de notas.

– ... e com esses absurdos que sua mente fértil foi capaz de inventar.

Mantendo o mesmo tom grave e frio no que continua falando, Bruno vai anotando alguma coisa.

– ... não tenho a menor ideia de qual foi a confusão em que vocês se meteram e, sinceramente, isso nem me interessa mais...

Bruno mostra a Ana Clara o que anotou.

– ... eu já tenho problemas demais... estou fora.

É como uma atriz que se prepara para entrar em cena que Ana Clara começa a falar.
– Desde que eu te vi, Bruno, eu sabia que nós não podíamos contar com você...
Didi pensa em dar uma bronca em Ana Clara. Mas, quando ela insinua fazer isso, Léo segura-a pelo braço mostrando – se é que ela ainda não tinha percebido! – que o que está acontecendo ali é uma encenação.
– ... você é um egoísta, Bruno.
Pegando de volta o bloco de anotações, ele continua anotando e falando com Ana Clara.
– Os caras que me ameaçaram disseram pra eu não fazer nada... e é o que eu vou fazer: nada.
Ana Clara está adorando participar da encenação de Bruno.
– Você é que sabe.
– Sou eu mesmo.
– Se amanhã ou depois a cidade for destruída... ou alguma coisa da cidade for destruída, você não vai poder dizer que não sabia.
– Você tá me ofendendo, menina...
Tomando todo o cuidado para não fazer barulho, Bruno destaca a página do bloco de anotações e o entrega a Ana Clara.
– ... quer saber? Eu já ouvi besteiras demais. Tchau!
Esparramando pelo ar um "tchau!" bem simpático, Bruno coloca o bloco de anotações e a caneta na mochila, joga um beijo para Didi e se afasta. Léo ainda tenta legendar a saída de Bruno com uma ofensa.
– Olha só como o covarde anda: sem culpa nenhuma.
Didi olha feio para Léo mostrando que ele está exagerando. Enquanto isso, Ana Clara lê o bilhete deixado por Bruno. O primeiro parágrafo ela já tinha lido antes...
Finge que está furiosa e briga comigo. Me ofende!

... aliás, foi esse parágrafo o que detonou a falsa discussão entre ela e Bruno. Quando a garota começa a ler o restante do bilhete, começa a ficar assustada...
Acho que os nossos celulares estão funcionando como instrumentos de escuta para eles, mesmo desligados. Não falem nada que vocês não queiram que eles saibam, antes de desligar os celulares. Façam isso de um jeito que não pareça que sabem disso...
Mais assustada a garota fica com o que ela lê em seguida...
... Estou mesmo indo embora, por causa do meu filho. Não tenho coragem de colocar o Paco em perigo... um perigo que eu nem estou entendendo muito bem.
O susto de Ana Clara começa a mudar quando ela chega ao último parágrafo...
... Acho que você está certa não querendo ir à aldeia colocando mais gente em perigo... na minha opinião, se eu entendi as coisas que você disse, juntando sua história à história da índia e também ao pouco que eu já li sobre o alinhamento circular, o que o Xamã quis dizer com "o começo de tudo" é o começo da cidade de São Paulo... e a cidade começou onde hoje é o Pátio do Colégio.
A frase que Bruno usa para terminar seu bilhete traz de volta o medo...
Cuidado com a menina índia. Boa sorte.
Ana Clara sabe que não tem nem um minuto para ficar atordoada ou se deixar levar pela insegurança de Bruno ter abandonado o barco, o grupo e a história. Ela precisa agir! E agir como se não estivesse agindo.
– Nós precisamos fazer alguma coisa, Didi...
Enquanto fala essa frase um tanto quanto óbvia para Didi, Ana Clara gesticula para a tia e para o primo, para que eles entreguem para ela os telefones celulares.

— Tudo bem, mas fazer o que, Ana?
— ... vamos voltar para a *lan house* e continuar a nossa pesquisa. Do ponto em que tínhamos parado... o Bruno não ajudou a gente em nada.

Quando está com os três aparelhos de telefone celular na mão, Ana Clara não tem dúvidas: joga-os no cesto de lixo ao lado do quiosque do café onde ela estava com Léo, Didi e a garota índia e faz sinal para que eles saiam andando atrás dela. A garota índia pouco entende do que viu.

— Você tá maluca? Jogou os telefones fora.

Antes de responder, Ana Clara se lembra das últimas palavras escritas por Bruno: "*Cuidado com a menina índia*". Para se proteger, ela resolve ser sincera, já que os celulares ficaram para trás.

— Eles estavam grampeados.
— Grampeados?
— Os cientistas estavam escutando tudo o que nós falávamos.

Assim que eles atravessam a rua, Léo olha para trás e confere a altura do edifício do Conjunto Nacional.

— Se liga, Ana.

Por um momento, Ana Clara também se empolga, mas logo ela se lembra de detalhes do bilhete de Bruno.

— Não é o Conjunto Nacional, Léo.
— Como você sabe?
— Vem comigo, no caminho eu explico.

O trânsito na Avenida Paulista está mais intenso. E o ar, muito mais quente. Didi começa a transpirar imediatamente.

— Está quase anoitecendo e o calor está mais forte.
— É o aquecimento global, Didi.
— Acho que os cientistas que estão dizendo que daqui

a cinquenta anos o calor no planeta vai estar insuportável erraram. Isso vai acontecer bem antes do tempo previsto.
A garota índia fica mais interessada.
— Então, esses cientistas que estão atrás de vocês têm a ver com a camada suja que está cobrindo a Terra?
É Léo quem responde.
— Nós não sabemos direito.
— E eu posso saber o que vocês sabem direito?
Ana Clara toma a frente de Léo.
— Que os cientistas estão interessados na cultura brasileira.
Os olhos da índia se arregalam.
— Pra quê?
— Nós não sabemos.
— Eles são brasileiros?
— Pelo menos, os que eu já ouvi falar falam português sem sotaque...
Ao perceber que Ana Clara não está indo em direção à *lan house*, e sim para o lado onde fica o estacionamento, Didi interrompe a sua resposta.
— ... a *lan* fica para o lado oposto, Ana.
— Nós não vamos para a *lan*.
— Então, pra onde nós vamos?
Antes de Ana Clara começar a responder, ela ouve um barulho que chama a sua atenção. O som quase estridente de um helicóptero voando baixo. Ela confere a cor e o modelo. Apontando para o céu, a garota avisa:
— Os Metálicos já descobriram que eu joguei os celulares fora, Didi.
Claro que todo mundo olha para cima.
— Quem garante que são eles, Ana?
— Tenho certeza.
— A cidade vive cheia de helicópteros.

Ana Clara não consegue ouvir mais ninguém, a não ser a sua intuição.
– Nós temos que sair daqui... e não pode ser no seu carro, Didi. Enquanto eles estiverem só lá em cima, ainda temos tempo de nos livrar deles... vamos pegar um táxi...
Sem esperar Didi concordar ou discordar dela, Ana Clara vai para a beira da calçada...
– Cuidado, Ana.
E dá sinal para o primeiro táxi que passa. Ela nem espera a tia dar a bronca que estava preparando. A garota abre a porta de trás do táxi e pede, quase suplica, para a índia e para Léo...
– Entrem logo. Nós três vamos atrás.
Assim que Léo e a garota índia entram no táxi, Ana Clara abre a porta da frente para que Didi entre. Didi já está bem perto da porta... e quase furiosa!
– Você vai na frente, Didi.
O helicóptero passa voando agora, mais alto e em sentido contrário àquele em que Ana Clara o tinha visto.
– Rápido, Didi.
Perceber a alteração da rota do helicóptero aumenta a urgência de Ana Clara.
– Ana... você...
– Rápido, Didi. O helicóptero deve ter deixado os Metálicos em algum lugar aqui perto.
– Calma.
– Não dá pra ter calma. Se eles chegarem até nós, estamos perdidos pra sempre.
– Você está passando dos limites, Ana.
Estranhamente, Ana Clara sorri para a tia. É como se ela tomasse a bronca como um elogio. E falando baixo:
– Só assim, Didi, passando dos limites, nós vamos conseguir chegar aonde precisamos.

— Mas o que nós estamos fazendo exatamente?
— Fugindo... e, ao mesmo tempo, tentando entender o que nós temos que fazer pra impedir que o pior aconteça.
— Fugindo pra onde?
— Pede pro motorista ir para o Pátio do Colégio.
Didi não gosta nem um pouco do que acaba de ouvir.
— Pátio do Colégio?
— Vamos seguir uma pista que o Bruno deu antes de ir embora.
— Chegar de carro lá é meio complicado... principalmente a esta hora... vamos deixar pra amanhã, Ana.
— Amanhã? Pode ser que nem exista amanhã, Didi.
Alguma coisa dentro de Ana Clara — alguma coisa que ela não sabe explicar o que é! — faz com que a garota olhe para a Avenida Paulista um pouco mais à frente e veja algo que a deixa ainda mais aflita...
— Os motoqueiros estão voltando... tarde demais!
Achando absurdo o que acaba de dizer, Ana Clara se corrige...
— Não pode ser tarde demais...
... e fala com Léo e com a garota índia dentro do carro.
— ... desçam do carro... rápido.
Léo e a garota índia não entendem nada, mas atendem ao pedido de Ana Clara.
— ... o metrô... vamos de metrô, Didi. Assim escapamos do trânsito e nos camuflamos no meio da multidão, igual fizemos no Pelourinho, lá em Salvador. Aqui do lado tem uma estação de metrô. Vamos...
As reclamações do motorista de táxi ainda estão no ar quando Ana Clara, Léo, Didi e a garota índia chegam à estação Consolação, da linha verde do metrô de São Paulo. Com um cochicho, Ana Clara pede que Léo vá no degrau da

frente da escada rolante com a garota índia. Ana Clara precisa falar com Didi em particular e sem chamar a atenção. Claro que o garoto protesta!
– O pior sempre sobra pra mim.
– Depois eu te explico, Léo... tenta ocupar a atenção dela.
A escada rolante é grande e está lotada. Mesmo protestando por dentro, Léo tenta atender ao pedido da prima.
– Você vive na aldeia?
A garota índia não parece estar muito a fim de conversa.
– Já não falei que eu vivo?
– Deve ser "da hora" viver numa aldeia indígena.
– Deve ser... do quê?
– "Da hora"... quer dizer, legal. É uma gíria.
– Por que você acha que deve ser legal?
– Sei lá... viver no meio da natureza...
– Não é bem no meio da natureza... é "na ponta da natureza"... quase caindo.
– Como assim?
Como que por encanto, as perguntas de Léo pararam de incomodar a garota índia. Ela está cada vez mais simpática.
– Minha aldeia fica na Mata Atlântica... hoje, existe menos de 10% do que foi a Mata Atlântica.
– Às vezes você fala umas coisas, como isso que você acabou de falar, que nem parece índia.
– Eu já te disse que não é porque eu sou índia que sou ignorante.
– Não foi isso que eu quis dizer. Eu não saio por aí falando que hoje só existe 10% da Mata Atlântica.
– Entendi. Deve ser porque o meu pai é professor de português e de história. Ele ensina história brasileira e indígena em uma escola pública lá perto da nossa aldeia e também na escola da aldeia.

— Tem uma escola na sua aldeia?
— Pequena, mas tem... e tem também um tipo de centro cultural, onde a gente aprende as coisas da nossa tradição.
— Como assim?
— Fazer cestos, mexer com barro... conhecer as ervas... o jeito e a hora certa de plantar e de colher os alimentos... os rituais...
— Rituais?
— Sobre isso eu não posso falar muito.
— Você mora em casa ou em oca?
— Em oca.
— Tem luz elétrica?
— Tem... em poucos lugares, mas tem. Onde tem luz é na escola e no centro cultural.
— Ah...

Ana Clara deixou que duas garotas com mochilas escolares nas costas e uma mulher com duas sacolas ocupassem os degraus imediatamente atrás de Léo e da garota índia, o que garante a ela e a Didi uma mínima distância dos dois.

— O Bruno achou que...
— Mais uma vez eu estou decepcionada com o Bruno, Ana. Ele não podia ter nos abandonado.
— Depois você se decepciona, Didi... agora me ajuda a pensar... eu só conto com você.

Didi deixa o ciúme de lado e sorri para Ana Clara.

— Tem certeza de que você precisa de mim, Ana?
— Claro que tenho. O Bruno disse que, pelo que ele entendeu, ou conhece do que dizem os índios, o que o Xamã da aldeia da garota índia sem nome quis dizer com "começo de tudo" é o começo da cidade de São Paulo.
— Faz sentido.

– É por isso que nós estamos indo até o Pátio do Colégio.
Mesmo no meio de tanta urgência e agitação, Ana Clara tem um pouco de vergonha do que dirá.
– Didi, eu nunca fui ao Pátio do Colégio. Nem com a minha escola, nem com os meus pais... e nem com você.
Didi divide a vergonha com Ana Clara...
– Eu já podia ter levado vocês...
... afinal, ela é uma historiadora!
– Já levei vocês até a Bahia... mas no Pátio do Colégio.
... Como bem disse o Bruno, é o começo de tudo. Foi lá que a cidade começou... ainda tem até o pedaço de uma parede de uma casa de taipa.
– Taipa?
– Um tipo de barro do qual eram feitas as casas.
– Ah! Além dessa parede de taipa, o que é que tem lá, Didi?
– Um museu, uma biblioteca, cursos, documentos dos jesuítas, um café... uma igreja... atividades culturais...
– Tem alguma construção alta?
– Alta como?
– Tão alta quanto o Copan, por exemplo?
– Não. Tem uma vista de uma parte importante da cidade, mas não é de um mirante alto... por quê?
– Eu tenho que encontrar alguma coisa que meça 111 metros.
– Por que você não quis pesquisar na internet, como fez com o Edifício Copan?
– Porque não temos mais tempo pra pesquisa, Didi. Está quase anoitecendo. Nós temos que descobrir o que os Metálicos querem, antes que seja tarde.
– E se a dica... a hipótese... do Bruno estiver errada, Ana?
– Mesmo assim, nós temos que tirar algum proveito... é só saber olhar direito pra ela.

— Como assim?

Preferindo guardar para si mesma o que está sentindo, Ana Clara lança para a tia um sorriso premeditadamente ingênuo.

— Eu só sei até aqui, Didi. Daqui pra frente...

O que interrompe a frase de Ana Clara é que ela e Didi chegaram ao pé da escada rolante onde Léo e a garota índia estão esperando por elas. A garota índia está bem desconfiada e mal-humorada.

— Aonde é que vocês estão me levando?

Antes de responder, Ana Clara a encara.

— Por que isso agora?

— Pensa que eu não escutei você pedindo pro seu primo conversar comigo? O que é que tanto interessa pra vocês as coisas da minha aldeia?

— Nós estamos atrás de respostas... mas você não precisa vir junto, se não quiser.

— Querer, bem que eu não quero. Mas agora eu tenho que ir.

— Tem que ir por quê?

Dizendo muito menos do que sabe, a garota índia responde ao Léo só reforçando o que já tinha dito.

— Porque eu tenho.

Didi sempre tem passes do metrô na bolsa...

— Para emergências!

... há exatamente bilhetes para quatro. Mais um número para se encaixar na equação matemática de Ana Clara? Assim que os quatro passam pela catraca, a presença da garota índia — mais precisamente a maneira simples como ela está vestida — chama a atenção de um dos seguranças do metrô, que se aproxima do grupo.

— Está tudo bem, senhora?

Didi logo entende que, com aquela pergunta quase discreta, o segurança quer saber se a garota índia está

acompanhando ou incomodando o grupo. Fazendo questão de pegar a garota índia pela mão, Didi sorri quase nervosa para o segurança...
— Está, sim.
... e vai em direção à plataforma sem perder tempo. A índia protesta:
— Sempre tem alguém que acha que nós somos mendigos.
A plataforma está lotada. Os trens devem estar atrasados. O grupo quase não consegue andar em direção à faixa amarela de embarque. O fato de a plataforma estar lotada deixa Ana Clara aliviada.
— Fazia tempo que eu não me sentia tão segura.
A garota índia, não!
— Detesto andar de metrô. Todo mundo fica me olhando.
O trem do metrô logo vem e todos os carros estão lotados. Ana Clara, Didi, Léo e a garota índia embarcam com certa dificuldade.
Próxima estação, Trianon-Masp.
Em vez de saírem passageiros, muitos outros tentam embarcar, o que causa confusão e atraso na partida do trem.
Próxima estação, Brigadeiro.
O mesmo acontece na próxima estação.
Próxima estação, Paraíso.
— Vamos fazer baldeação aqui.
Vendo que a garota índia vai atrás de Didi, Léo diminui o passo para ficar perto de Ana Clara.
— A gente não devia ter trazido essa menina.
— O Bruno disse pra gente tomar cuidado com ela.
— Eu não falei?
— A melhor maneira de tomar cuidado é ter a garota índia por perto.

Mantendo uma pequena distância, enquanto conversam, Léo e Ana Clara seguem Didi e a garota índia em direção à outra plataforma de embarque, da linha azul.

– Não sei, não. Desde que a gente colocou o pé no metrô, você tá muito quieta pro meu gosto, Ana.

– Eu tô organizando as coisas aqui na minha cabeça... ou, pelo menos, tentando.

– Aonde é que a gente tá indo?

– Atrás do começo da cidade de São Paulo e... espera um pouco: o que é que tá acontecendo ali?

Pelo "ali" de Ana Clara entenda-se: o que está acontecendo entre Didi e a garota índia, um pouco à frente de Léo e Ana Clara.

– Também não sei, Ana.

– Parece que a garota índia tá brigando com a Didi?

– É melhor irmos conferir.

Ao chegarem mais perto, Léo e Ana Clara encontram Didi e a garota índia discutindo.

– Fale mais baixo...

– O que tá acontecendo, Didi?

– Eu também não sei, Léo. Quando viu que nós vamos embarcar em direção ao centro da cidade, ela me perguntou aonde nós estamos indo exatamente. Quando eu disse, a garota foi ficando furiosa e...

A garota índia está cada vez mais brava.

– Furiosa? Você ainda não me viu furiosa.

– O que tá acontecendo?

– Tá acontecendo que vocês não podem fazer isso.

– Isso o quê?

– Ir até o Pátio do Colégio.

– Por quê?

– Porque não.

A segurança da garota quando fala deixa claro que ela sabe mais do que está dizendo.
– Como assim?
– Confia em mim.
É muito irritante para Ana Clara ouvir o que ela acaba de ouvir, especialmente pelo forçado tom de superioridade da garota índia. Ana Clara não perde a oportunidade de enfrentar a outra garota.
– É muito difícil confiar em uma pessoa que nem diz o nome.
– "Pra você" não devia ser.
O que acaba de ouvir deixa Ana Clara intrigada. Intrigadíssima!
– Por que não?
– Você sabe muito bem que tem coisas que não se diz.
Ana Clara tem certeza de que a garota índia está tentando estabelecer com ela algum tipo de cumplicidade. Ela só não sabe se pode ou deve confiar nessa cumplicidade. Não dá para esquecer a advertência de Bruno! O trem do metrô está chegando. Didi interrompe as duas garotas.
– Ana, nós vamos ou não embarcar? E agora?
O trem abre as portas...
– Vamos, Didi.
A garota índia segura Ana Clara pelo braço e pede...
– ... não faz isso.
O pedido é quase uma súplica. Ana Clara fica confusa.
– Você tá machucando o meu braço.
Se soltando da garota índia, Ana Clara entra no vagão do metrô, seguida por Didi e Léo. A garota índia insiste.
– Não faz isso, Ana Clara.
– Por que não?

— Se vocês entrarem onde tá querendo ir, nunca mais vão conseguir sair.

O sinal sonoro do trem avisa que as portas do vagão vão se fechar. Parada na plataforma, a garota índia não consegue tirar os olhos assustados dos olhos confusos de Ana Clara. As portas se abrem novamente. E o condutor do vagão avisa, pelo alto-falante do trem...

Não impeça o fechamento das portas. Isso provoca atrasos em todos os trens.

Ana Clara não consegue tirar os olhos confusos dos olhos da garota índia, cada vez mais assustados.

7

DENTRO DO VAGÃO do metrô, ouve-se um novo sinal sonoro. As portas se fecham novamente e, finalmente, o trem segue viagem. Ana Clara suspira.

– Agora, somos só nós três...

O clima criado entre a garota índia e Ana Clara perturbou Léo e Didi. Especialmente pela maneira aparentemente sincera com que a garota índia disse as suas últimas frases.

– ... por que vocês estão me olhando com essas caras?

Léo toma muito cuidado com o que dirá.

– Ana Clara, acho que a índia...

Tentando disfarçar o próprio medo, Ana Clara interrompe o primo.

– Léo, não vai me dizer que você ficou com medo do que ela disse?

– Fiquei.

– Precisava ser tão sincero, Léo?

– Ana...

Pela seriedade com que Didi diz o primeiro nome da sobrinha, a garota percebe que aí vem coisa...

– Você também, Didi?

Só depois de respirar fundo é que Didi consegue completar a frase. E ela faz isso com todo cuidado.

— ... acho que nós devemos tentar deixar isso tudo pra lá. É Léo quem começa a protestar!

— Mas, Didi, e o Marcão? Meu cachorro tá com os Metálicos!

Para tentar fragilizar a tia, Ana Clara emenda seu protesto ao do primo.

— Bem que eu queria fazer isso, Didi. Mas nós não podemos.

— Claro que podemos.

— Não é só o Marcão que está em perigo... nós também estamos. Os Metálicos foram bem claros: sabem tudo sobre nós... e não vão dar sossego enquanto não conseguirem o que querem.

— Eu não consigo ver com a mesma clareza que você que tenha alguma coisa acontecendo...

— Não é possível, Didi!

— Nem com o meu cachorro sumindo?

— Nem com o Bruno sendo raptado e devolvido?

— ... quer dizer, claro que tem alguma coisa acontecendo. Mas não sei se é assim tão mirabolante quanto você gostaria que fosse, Ana.

— Didi, você acha que eu tô me divertindo?

Didi não diz nada! Ana Clara diz...

— Eu estou morrendo de medo, Didi.

Como levanta a voz para protestar, Ana Clara chama a atenção de algumas pessoas que viajam no vagão, especialmente de um grupo de três garotos magros; dois com o capuz dos moletons na cabeça e um com um gorro de lã amarelo, todos vestem bermudas folgadas e usam tênis de cano alto. Um dos garotos, o que está de moletom vermelho, segura um radiogravador tão colorido e cheio de botões que parece ter vindo de outro planeta ou de algum filme que mostra garotos radicais das ruas de Nova York. Um dos outros garotos, o que está de gorro de lã, segura um *skate* cheio de adesivos. Léo se liga nos olhares atentos do trio de garotos com curiosidade, mas também com algum receio.

Para tentar abaixar o volume da conversa, Didi sussurra.

– Não parece que você está com medo. Cada hora você vem com uma ideia nova.

Ana Clara não consegue sussurrar, mas passa a falar mais baixo.

– Didi, eu estou tentando entender o que está acontecendo... ou está pra acontecer... antes que seja tarde.

A viagem é demorada. Além de parar muito tempo nas estações, o trem para várias vezes nos intervalos entre elas. A cada parada, protestos gerais.

– O que será que está acontecendo?

– Na hora do *rush* é sempre assim.

Com as paradas, as pessoas vão estabelecendo um tipo de cumplicidade; talvez por estarem na mesma viagem e passando juntas pela mesma e chata situação que é ficar preso dentro de um vagão de metrô. Depois da terceira parada em menos de dois minutos, o garoto que segura o radiogravador se levanta e diz...

– Aí, galera! Alguém se grila se eu ligar o rádio?

Como ninguém responde, o garoto aperta o *play* do radiogravador e o som do *hip-hop* se espalha pelo vagão do metrô. A viagem fica um pouco mais animada. O garoto de gorro de lã percebe que Léo não desgruda os olhos de seu *skate* e se aproxima dele.

– Fala, mano. Beleza?

Léo gosta de ter sido tratado pelo garoto de gorro de lã no dialeto do skatista e quase de igual para igual.

– Beleza!

— Você rema?
— Tenho um *skate*. De vez em quando eu ando, lá no Parque do Ibirapuera.
— Tô ligado.
Os detalhes do *skate* encantam Léo: rodas de liga leve, *shape* estreito e comprido na medida certa.
— Meu *skate* é bem mais simples do que o seu.
— Sou "profissa", cara.
— Tô ligado.
— Nós estamos indo lá na Galeria do Rock, tirar uma onda... fazer um som... e depois vamos remar pela *street*... e vocês?
Quando se lembra para onde está indo com sua prima e com sua tia e o que deve esperar por eles a partir desse lugar... Léo perde totalmente a empolgação com a conversa radical que está tendo com o skatista.
— Aonde nós estamos indo? Se eu contasse você não acreditaria.
O garoto skatista não entende muito bem, mas acha graça...
— Boa sorte, cara!
E se junta a seus amigos.
— Valeu!
Os atrasos fazem com que a viagem entre as estações Paraíso e Sé do metrô, que é curta, dure mais de meia hora. Quando Ana Clara, Léo e Didi saem da estação da Praça da Sé, o marco zero da cidade de São Paulo, a noite já caiu.
O céu está escuro demais. Não se vê uma estrela e nem sinal da lua. Não está mais tão calor, mas o ar está abafado, como se tivesse parado de circular, esperando alguma coisa acontecer.
— Que noite estranha.

Léo tem razão! A noite em volta dos três está estranha, bem diferente do fim de tarde, poucos minutos atrás, quando os primos arrepiados e Didi embarcaram na Avenida Paulista.

— Didi, não foi aqui, na Praça da Sé, que teve aquela confusão durante um *show* de *rap*, na Virada Cultural?

— Foi aqui, sim, Léo, que aconteceu o *show* maravilhoso. Teve também uma confusão, causada por umas trinta pessoas. Veja como são as coisas: na Virada Cultural inteira, foram mais de três milhões e meio de pessoas se divertindo com atividades culturais para todos os gostos, mas parte da imprensa só quis saber de divulgar a confusão causada por trinta pessoas.

Enquanto Ana Clara, Léo e Didi atravessam o labirinto de prédios das ruas quase desertas que os separa do Pátio do Colégio, às vezes, uma onda gelada de frio passa por eles, como se fosse uma advertência.

— Esse vento está deixando os meus cabelos arrepiados.

— "Mais" arrepiados, não é, Léo?

Diferente do que aconteceu quando eles estavam na Avenida Paulista, quase não tem pessoas pelas ruas do centro.

— Quando anoitece e o comércio fecha, essas ruas viram um deserto. No centro da cidade não tem muitas opções de lazer. As pessoas aqui só trabalham... trabalham... e trabalham... quer dizer, as pessoas que têm emprego trabalham... trabalham... e trabalham!

Mas, assim que Didi, Ana Clara e Léo dobram a terceira esquina, aparecem do escuro cinco garotos do tamanho de Léo, vindo no sentido contrário e dando gargalhadas. São garotos da rua. Vestidos com calças rasgadas, camisetas rasgadas, camisas abertas... tudo encardido. Despenteados. Descalços, só o menor usa chinelos. Didi se assusta e segura a mão dos sobrinhos. Os

garotos da rua param em frente ao trio um tanto quanto confusos, mas achando graça. O mais velho quer saber...
– Tá com medo da gente, tia?
Didi não se sente ameaçada, mas não sabe o que responder. Parece que o garoto que fez a pergunta sabe como continuar...
– A gente é que deveria estar com medo de vocês: é difícil ver três "bacanas" aparecerem assim, "na casa da gente", a essa hora, sem avisar...
Didi continua sem saber o que dizer.
– ... a rua é a nossa casa, tia!
Ao longe, ouve-se o som de um sino. E o garoto da rua...
– Pode seguir com seus meninos, tia. Ninguém vai fazer mal pra senhora... quer dizer, "nós aqui" não vamos fazer mal pra senhora... o resto da noite, eu não sei.
Ainda sem saber o que dizer, Didi sorri para o garoto da rua, solta as mãos de Ana Clara e Léo e segue com eles em paz na direção de onde vieram os garotos, que também seguem em paz na direção para onde iam, voltando a se animar com suas gargalhadas. Didi suspira, lamentando, quase cantando, quase triste...
Assim que os garotos da rua e suas gargalhadas dobram a esquina, o labirinto de prédios do centro da cidade cai novamente no maior silêncio... até que Didi avista algo...
– ... É ali.
Léo e Ana Clara olham para o lado que Didi apontou e conferem uma espécie de praça. Na praça, duas construções grandes, geminadas, baixas e pintadas de branco. A primeira é uma igreja com duas torres. A segunda, um prédio parecido com uma escola, mas sem torre. Enquanto cruzam a praça, que na verdade é um pátio, Léo observa...

– Xiii! As portas estão fechadas.
Portas fechadas nunca foram obstáculo para Ana Clara.
– Tem um vigia na porta.
O vigia é um senhor bem magro e de cabelos brancos. Ele está sentado perto da porta da igreja e confere com curiosa desconfiança a aproximação do trio. Assim que chegam até ele, Ana Clara abre um sorriso...
– Boa noite, senhor.
A simpatia da garota não contagia o vigia.
– Boa noite...
Enquanto responde ao cumprimento de Ana Clara, o vigia vasculha detalhadamente o trio à sua frente.
– ... as atividades de hoje já foram encerradas faz tempo.
Ana Clara tenta puxar um pouco de assunto.
– Há quanto tempo?
– O Pátio do Colégio fecha às cinco da tarde.
Há música saindo de dentro da igreja. Parecem vozes de crianças.
– Está tendo alguma missa?
– Não. É o ensaio de um coral.
– Eu adoro corais.
O vigia coça a nuca com desconfiança.
– "Deste" eu não sei se você ia gostar muito não, menina.
– Por quê?
– É um coral dos índios.
Ana Clara se interessa! E muito! Mas tenta disfarçar.
– Quem sabe...
Claro que o vigia entende a insinuação de Ana Clara.
– Infelizmente, eu não posso deixar vocês entrarem... nem pra assistir o ensaio.
Tomando cuidado para não ser inconveniente, Ana Clara tenta caprichar ao máximo no sorriso.

— Mas será que o senhor poderia me deixar usar o banheiro um minutinho...

O vigia confere Didi e Léo, que não estão entendendo muito bem a estratégia de Ana Clara. Será que ela quer entrar sozinha?

— ... meu primo e minha tia ficarão aqui fora, me esperando. Didi não gosta do que acaba de ouvir.

— Não, Ana!

Chegando mais perto da tia, Ana Clara cochicha.

— Didi, eu preciso fazer xixi... é verdade.

— Mas você não vai entrar sozinha.

— Está tudo claro lá dentro, Didi. Tô vendo a placa do banheiro daqui, naquele corredor.

— Não, Ana Clara!

Ana Clara ignora a tia e insiste com um sorriso ainda mais difícil de ser contrariado.

— Por favor, senhor... é rapidinho.

Sabendo que está fazendo uma coisa errada, mas também não conseguindo agir de forma diferente, o vigia fecha a expressão do rosto.

— Está bem... mas volte logo...

Da porta, o vigia indica o caminho do banheiro para Ana Clara; não é muito distante da porta de entrada. O vigia, Didi e Léo acompanham com os olhos ela entrar no banheiro.

— Só quero ver o que a Ana Clara vai aprontar...

— ... e sem mim, Didi, o que é pior.

Alguns minutos depois, o clima começa a ficar tenso...

— Essa menina está demorando muito, dona.

— Eu também acho.

O vigia está totalmente arrependido de ter deixado Ana Clara entrar.

– O que é que eu faço agora?
– Posso ir conferir se a minha sobrinha está bem?
Cada vez mais contrariado, o vigia diz...
– E eu tenho outra saída?
– Vem, Léo.
– Só entra a senhora, dona.
– Mas e o garoto?
– Chega de confusão. Só entra a senhora.
Não é preciso nem dez segundos para que Didi entre no banheiro e que ela saia de lá pálida, com os cabelos quase tão arrepiados quanto os cabelos de Léo.
– Cadê a Ana, Didi?
– Ela não tá no banheiro.
O vigia não está acreditando no que está acontecendo.
– Mas... mas... eu vi ela entrar e não vi ela sair.
– Nem eu.
Léo se sente traído.
– Ela não podia ter feito isso comigo.
O vigia e Didi pouco entendem do comentário de Léo. O vigia está ficando furioso.
– Se aconteceu alguma coisa com a menina, a senhora é responsável.
– Eu?
– Eu sabia que esse dia não ia acabar bem... e ele ainda nem acabou!
– Foi o senhor que deixou ela entrar.
O desabafo do vigia, antes da bronca de Didi, chama a atenção de Léo.
– Por que o senhor sabia que o dia não ia acabar bem?
Parece que o vigia não gostou muito de ser pego por Léo em seu desabafo.
– Eu disse que sabia?

— Disse.

— É que, um pouco antes de vocês, esteve aqui um homem que fez exatamente o mesmo que a sua prima, menino. Ele queria entrar, depois pediu pra ver o ensaio do coral... e vendo que a desculpa não colou, pediu pra ir ao banheiro. Só que ele, eu não deixei ir, não.

A explicação do vigia interessa muito a Léo.

— Esse homem usava um terno cinza metálico?

O vigia fica mais desconfiado e tenta ganhar tempo.

— Hã?

— Como era esse homem?

— Alto... loiro... e não usava terno coisa nenhuma.

Ao mesmo tempo que Léo e Didi matam a charada – Bruno! —, o garoto confere alguém saindo do banheiro feminino e vindo de dentro do prédio, pelo corredor, em direção a eles.

— Olha lá a Ana, Didi.

A garota caminha devagar e tranquila, enxugando as mãos na jaqueta. Como se nada tivesse acontecido, ela abre um sorriso e olha para o trio assustado.

— O banheiro estava sem papel...

Ninguém diz nada. Todos esperam uma explicação. Parece que Ana Clara não está entendendo a reação de surpresa.

— ... aconteceu alguma coisa aqui?

Sabendo muito bem que não vai conseguir tirar nada de Ana Clara, Didi pega a garota pela mão, Léo pela outra e, quase espumando de raiva, olha para o vigia.

— Pelo visto, o seu dia vai terminar melhor do que o meu, senhor. Boa noite!

Sem nem ao menos esperar a resposta do vigia, Didi vira as costas e sai arrastando as solas de suas sandálias sobre as calçadas irregulares das ruas da cidade.

— Didi, eu...
— Nem mais um pio, Léo.
Léo não se lembra de ter ouvido Didi falar com ele de um jeito tão bravo! Ele fica mais bravo ainda!
— A Ana Clara apronta e eu é que levo bronca?
— Eu disse que não quero nem um pio... de vocês dois... até nós chegarmos em casa...
A última informação da tia desperta Ana Clara, que, até aquele momento, continuava quieta e com o pensamento distante.
— Nós não podemos ir pra casa, Didi.
As mãos de Didi apertam com mais força as mãos de Léo e de Ana Clara.
— Ai, Didi!
O protesto de Léo faz Didi perceber que exagerou na força.
— Desculpem...
Didi relaxa um pouco a força, mas mantém as mãos de seus sobrinhos presas às suas.
— ... era só o que me faltava: nós três, andando sozinhos por esta cidade perigosa... no meio desta noite escura...
Parece que o medo que Léo ficou de Didi durou pouco.
— Quer dizer que, depois que se separou da gente, o Bruno veio ao Pátio do Colégio, Didi?
Ao ouvir o primo, Ana Clara dá um pulo para trás.
— Como é que é?
— Enquanto você estava sumida, o vigia disse que o Bruno...
— O Bruno esteve lá?
Didi aperta novamente as mãos de Léo e de Ana Clara.
— Se vocês continuarem me desrespeitando, eu...
— Didi, será que você não consegue entender?

— O que eu estou entendendo, Ana, é que desde que eu saí de casa nós estamos andando em direção a nada... sem destino nenhum...

O que interrompe a frase de Didi é uma vibração que passa rente às cabeças dela, de Léo e de Ana Clara.

— O que foi isso?
— Um morcego.
— Se liga, Didi. É um urubu.

O urubu alinha melhor as asas grandes e negras e, impulsionando o corpo pesado, ganha altura e segue voando um pouco à frente de Didi e de seus sobrinhos. Ana Clara encara Didi.

— E agora? Você começa a ver algum sentido?

Parece que Didi não está disposta a dar o braço a torcer. Um sino badala novamente. Desta vez, um pouco mais perto.

— Não.

Como se ele tivesse escutado a negativa de Didi, o urubu, que já ia longe, faz uma curva em volta da torre do antigo edifício e voa em direção a ela e seus sobrinhos. Desta vez, até Ana Clara se assusta!

— Parece que ele quer atacar a gente.

Puxando Ana Clara e Léo pela mão, Didi procura um abrigo, mas não encontra.

— Protejam os olhos...

Mas o urubu não quer atacar. Ele só passa sobre as cabeças de Ana Clara, Léo e Didi com outro voo rasante, faz uma curva atrás do trio e passa novamente voando sobre eles ganhando altura. Ana Clara não consegue conter a ironia...

— Nem agora você está vendo sentido, Didi?

Didi solta as mãos dos sobrinhos.

— Menos do que eu estava vendo antes.

— Não acredito!
— Será que você pode me explicar o que acha que quer dizer o voo desse urubu sobre a minha confusa cabeça?
É quase triste que Ana Clara olha para a tia.
— Se eu fosse mais competente, Didi, eu já deveria ter entendido.
— Então, como é que você quer que eu entenda?
— Eu quero que você confie em mim.
— Ana, cada vez mais eu acho que você está à deriva.
A garota simula uma ignorância que nem de longe ela tem!
— Não sei muito bem o que é "à deriva"...
— Sem rumo, sem direção... sem saber aonde você vai chegar.
Novamente, Ana Clara reage à quase bronca da tia como se tivesse recebido um elogio e não uma crítica.
— Ah, é isso? Eu estou mesmo.
— Por que é que eu vou confiar em você?
— Quer que eu seja simpática ou sincera?
Ao perceber que os três estão parados na escura, malcuidada e quase deserta Rua Boa Vista, o senso de autoproteção de Didi fala mais alto. Ainda mais depois que ela avista um aparente mendigo que recolhe papelões em um carrinho de mão. Didi pega de novo as mãos dos sobrinhos e volta a andar.
— Seja sincera, mas vamos andando. Se não me engano, deve ter uma estação de metrô logo ali na frente...
Ana Clara entende a observação de Didi sobre uma estação de metrô como uma ameaça. A garota sabe que enquanto caminham ela tem que tentar convencer a tia a continuar. Sem se preocupar se será ou não arrogante, Ana Clara fala pausadamente com total segurança.

– Nesse momento, Didi, acho que você não tem outra alternativa a não ser confiar em mim.
– Mais respeito, Ana.
Ana Clara se ofende.
– Eu não conheço nada mais respeitoso do que a sinceridade.
O silêncio de Didi mostra a Ana Clara que sua tia está começando a ceder. Tem coisas que Léo precisa e quer saber...
– Como você sumiu lá dentro do Pátio do Colégio, Ana Clara?
Fingindo não ter entendido que o seu primo perguntou "como" ela sumiu, e não "por que" ela sumiu, Ana Clara camufla o "como" respondendo ao "por quê".
– Eu precisava conferir se nós estávamos no caminho certo.
– Não foi isso o que eu perguntei.
– Mas é isso o que importa agora.
– Pra mim, importam as duas coisas.
Didi resolve pôr fim à discussão que está para começar.
– Continue, Ana.
– Obrigada, Didi.
– Você protege muito a Ana, Didi. Assim, ela vai continuar sumindo por aí que nem uma...
– Uma o quê, Léo?
– ... uma bruxa.
– Depois nós falamos sobre isso. Continua, Ana Clara.
– Tá legal... desde que nós chegamos, eu já desconfiava que o Pátio do Colégio não era aonde nós tínhamos que ir.
– Por quê?
– Primeiro, porque ele é muito baixo, Léo...
– Não me venha de novo com essa história dos 111 metros.

Para não criar caso com a tia, que está quase se aborrecendo novamente, Ana Clara acha melhor levar sua explicação adiante e deixar de lado o número que não sai de sua cabeça: 111.

– ... claro que eu não estava com vontade de fazer xixi coisa nenhuma. Assim que eu entrei, tentei achar o caminho da biblioteca. Foi fácil, mas estava fechada. Pensei em ir ao museu, tinha uma placa indicando o caminho... mas também estava fechado.

A explicação de Ana Clara irrita Léo.

– Não vai me dizer que você vai contar todos os passos que deu... os litros de ar que respirou...

Enquanto fala, Ana Clara acompanha o mendigo arrastando o carrinho cada vez mais carregado de papelões.

– Se fosse preciso, eu contaria... mas não é. Bom, Didi, quando eu parei em frente à escada que leva até o museu, eu vi um tipo de pôster pendurado em uma parede em que também fica a porta interna que leva até a igreja.

– Essa história não vai acabar nunca!

– Aliás, Didi, a porta estava só encostada e eu pude ver meninos e meninas índios ensaiando o coral lá dentro.

– Você vai contar até quantos índios estavam ensaiando, Ana?

– Quase cem.

– Se liga!

– Bom, Didi, na placa estava escrito que ali onde é o Pátio do Colégio ficava a escola e a moradia dos padres jesuítas, que vieram com os europeus catequizar os índios na época do descobrimento.

Aparentemente, nem Didi nem Léo estão entendendo o caminho do raciocínio de Ana Clara.

– E daí?

— E daí que o Pátio do Colégio é o começo da cidade, sob o ponto de vista dos europeus... e dos jesuítas...
O primo e a tia de Ana Clara continuam sem entender.
— E daí?
Antes de Ana Clara responder, sua atenção se volta para o mendigo, que começa a se debater e a blasfemar, com a voz embriagada...
— *Orrameu!* Some daqui...
O mendigo fala com o urubu...
— ... eu não sou carniça...
... o urubu que acaba de dar um rasante sobre a cabeça dele.
— ... vai lá se entender com o seu santo.
O voo do urubu ganha altura novamente. Só agora Ana Clara responde ao confuso "e daí?" de sua tia.
— ... e daí, Didi, que, se a premonição do Xamã da aldeia da índia sem nome tiver alguma coisa a ver com a nossa história — e cada vez eu tenho mais certeza de que tem sim —, o "começo" de que ele estava falando deve ser mais antigo do que o começo que o Pátio do Colégio significa... deve ser o começo para os índios.
O silêncio, agora, é para que Léo e Didi tenham tempo para tentar entender o que acabam de ouvir. Enquanto espera pelo entendimento de seus companheiros de desventura, Ana Clara acompanha o mendigo virar na próxima esquina à direita, que também não está muito longe dela e de sua tia, e chegar a uma praça. Léo é o primeiro a falar...
— Como é que você pensou tudo isso, Ana?
— Enquanto eu lia e ouvia a voz daqueles índios cantando lá dentro.
Ana Clara, Léo e Didi também chegaram à praça. O mendigo continua recolhendo as caixas de papelão.

Enquanto espera os comentários da tia sobre o que acaba de ouvir, Ana Clara sente um vento frio levantar do chão algumas folhas de papel que não interessaram ao mendigo catador por serem muito leves. O som do vento é um assobio agudo e aflito. Como se ele quisesse dizer alguma coisa. Ana Clara cruza os braços...
– Não tô gostando nada desse vento.
A primeira a se assustar com a frase é a própria Ana Clara. Ela não sabe direito o porquê de ter dito isso.
– Por quê, Ana?
Um pensamento faz com que a garota aperte ainda mais os braços cruzados.
– Tem alguma coisa errada...
– Grande novidade.
– ... alguma coisa "mais" errada, eu quero dizer.
– Tá... mas o quê?
– Ainda não sei, Léo... Didi... Didi...
Só depois que Ana Clara a chama pela terceira vez...
– ... Didi...
... é que Didi responde.
– O que foi, Didi?
Parece que Didi está com o pensamento longe... longe...
– As coisas que você disse...
– O que é que tem?
... aos poucos a atenção de Didi vai voltando.
– ... primeiro me pareceram absurdas. Agora...
– "Agora" o quê?
O que interrompeu a fala de Didi, desta vez, é a placa que ela lê com o nome de outra rua que cruza a praça.
– Não pode ser...
Essa outra rua termina em um largo.

— O que é que não pode ser, Didi?
— Claro...
No fundo desse largo está a construção que fez com que Didi se interrompesse.
— Didi, você tá me deixando assustada. O que é que você tá vendo?
— Olhem ali no fundo daquele largo.
Os olhos de Ana Clara e de Léo focam imediatamente a construção para a qual Didi está olhando. Léo parece não entender aonde Didi quer chegar.
— Uma igreja...
Ana Clara, talvez...
— ... uma igreja muito alta, Léo.
Na torre da igreja, o sino que estava badalando desde que Didi, Léo e Ana Clara saíram do metrô. Didi se lembra de uma coisa que a deixa ainda mais impressionada.
— ... os urubus...
— Que igreja é aquela, Didi?
— A Igreja e o Mosteiro de São Bento, Léo.
Talvez ela já saiba a resposta, mas, mesmo assim, Ana Clara resolve perguntar.
— O que é que a Igreja de São Bento tem a ver com os urubus, Didi?
— Tudo, Ana... e acho que não só com os urubus.

8

— Desculpe, Ana Clara.

Quando Didi pede desculpas para a sobrinha, ela está totalmente envergonhada. É difícil para Ana Clara entender o que Didi está querendo dizer.

— Desculpo... mas desculpar o que mesmo?
— Agora até eu estou vendo sentido na sua história.

Ana Clara se anima!

— Oba!

Léo fica confuso.

— Será que, então, você poderia me ajudar a entender?
— São Bento...

O que interrompe Didi é o susto que ela leva, ao ver um vulto se aproximar dela e de seus sobrinhos.

— Ainda bem que eu alcancei vocês!
— ... Bruno?
— Acabei de passar pelo Pátio do Colégio e o porteiro disse que vocês tinham saído de lá.

Seis olhos atentos e desconfiados – mas que tentam disfarçar a desconfiança! – olham para Bruno. O vigia não tinha dito que o Bruno esteve lá "antes" de Didi, Léo e Ana Clara? É Didi quem fala...

— "Acabou de passar", Bruno?

Bruno ignora o tom investigativo da pergunta.
– Me deu a maior culpa deixar vocês sozinhos, no meio do olho do furacão... de um furacão que eu nem sei qual é, mas que nem por isso é menos furacão.
– Mas e o seu filho?
– Paco está seguro. Quer dizer, vivendo em uma cidade como São Paulo, em um mundo como o atual, ninguém está seguro... Como foi lá?
Ana Clara se faz de desentendida.
– "Lá" onde?
– No Pátio do Colégio. Você conseguiu entrar?
Léo atreve uma advertência, antes de Ana Clara.
– Não diz nada, Ana.
– Por quê, meu?
– Porque você deixou a gente na mão, "meu".
– Eu estava confuso, achando que precisava defender meu filho.
– E eu, que preciso encontrar e defender o meu cachorro, perdi a confiança em você. Estamos empatados.
– Filho é mais importante, Léo.
– Para quem tem filho, é. Agora, pra quem só tem cachorro, ele é mais importante.
– Quando terminar de crescer, você vai entender.
Se tem uma coisa que Léo detesta são as promessas para quando ele já tiver crescido.
– Então, Bruno, até lá eu tenho todo direito de continuar desconfiando de você.
– Desconfiando de mim?
– Não foi o que você ouviu?
– Espera aí...
Conferindo os olhares de Ana Clara e de Didi, Bruno percebe que as duas estão tão desconfiadas quanto Léo.

– ... o que vocês estão achando?
É Didi quem responde.
– Essa sua volta... do nada... e querendo saber tudo... é muito estranha, Bruno.
– Como "do nada"? Eu vim andando pela Rua Boa Vista...
– Você entendeu muito bem.
– ... vocês queriam que eu aparecesse voando?
– A que horas você passou pelo Pátio do Colégio mesmo?
A pergunta de Ana Clara deixa Bruno mais ofendido.
– É um inquérito?
– Não... mas custa você responder?
Bastante aborrecido, Bruno começa a se explicar...
– Da primeira vez...
– Primeira vez?
– Posso me explicar, meu?
– Foi mal.
Depois de lançar sobre Léo um olhar um tanto quanto mal-humorado, Bruno continua.
– ... da primeira vez, há uns quarenta minutos. Achei que vocês já podiam ter chegado. Perguntei ao porteiro. Ele disse que, depois que fecha o Pátio do Colégio, ninguém mais entra. Tinha um movimento na igreja... um monte de gente falando...
– Falando?
Léo se arrepende de ter deixado escapar sua desconfiança. Sorte dele que Bruno não percebe.
– ... falando. Mas não parecia ser uma missa. Talvez uma reunião, sei lá. Tentei entrar pra ver se vocês estavam lá dentro, dei uma desculpa, mas o porteiro estava irredutível...
Enquanto ouvem a explicação de Bruno, Léo e Didi começam a relaxar em sua desconfiança.

— ... como eu não tinha comido nada o dia inteiro, fui a uma padaria que milagrosamente estava aberta, pedi um sanduíche com queijo quente... e resolvi voltar. Isso faz uns sete minutos, mais ou menos...

Padaria aberta? Ana Clara não se lembra de ter visto nenhuma padaria aberta; pelo menos não no caminho que ela, Léo e Didi fizeram do metrô até o Pátio do Colégio. Pode ser que Bruno não tenha feito o mesmo caminho.

— ... o porteiro estava meio assustado e disse que tinha tido um problema com uma mulher e dois adolescentes. Não tive dúvida de que eram vocês.

Didi e Léo acreditam na versão de Bruno e relaxam totalmente. Ana Clara resolve fingir que também acredita para saber aonde as coisas vão dar. A garota precisa que os fatos andem, para saber logo o que Didi ia dizer sobre São Bento e para tentar entender se no que a tia dirá se encaixa mais algum número ou símbolo da equação que Ana Clara está montando em sua cabeça. Fingindo sinceridade absoluta, Ana Clara começa a falar...

— Agora é a nossa vez de nos explicarmos...

... porém ela acha melhor não dizer a Bruno exatamente o que aconteceu, que ela conseguiu entrar no Pátio do Colégio e tudo mais. Ana Clara resume para Bruno as conclusões a que chegou, sobre o começo que o Xamã falou não ser o começo dos europeus etc. Enquanto explica sua teoria, Ana Clara se empolga tanto que acaba, ela mesma, acreditando que está sendo totalmente sincera com o loiro, alto e bonitão... e que ele não apareceu do nada, com uma história que ela não tem como confirmar se é verdadeira e onde pelo menos uma peça não se encaixa: a padaria aberta.

— ... e aí, o que você acha, Bruno?

A maneira com que Bruno presta atenção em Ana Clara é técnica, quase profissional e um tanto quanto fria.
— Eu devo dizer que não acho possível que a cidade tenha tido dois começos.
Parece que Didi não concorda com Bruno.
— E eu acho difícil fechar os olhos para a ideia de Ana Clara.
— Eu falo como historiador: o começo da cidade, inegavelmente, foi o Pátio do Colégio.
Didi não parece estar disposta a deixar Bruno dominar a cena.
— E eu falo como historiadora: a história está em constante mutação.
Bruno também parece não estar disposto a desistir de suas ideias.
— Tem coisas que aconteceram de determinada maneira, em determinados dias... e isso é impossível negar.
Ao contrário de Léo, Ana Clara está cada vez mais interessada na duelística conversa de sua tia com Bruno.
— Eu não diria isso com tanta convicção, Bruno.
— Não?
— A cada momento, aumenta-se a profundidade da história, levando, às vezes, suas verdades por outros caminhos.
— Sobre o que você está falando?
— Novas descobertas.
O comentário com o qual Bruno rebate Didi sai quase como um deboche:
— Ah... entendi: bola de cristal.
— Não, Bruno, você não entendeu...
A segurança de Didi deixa Bruno cada vez mais intrigado.
— ... eu estou falando sobre pesquisas... escavações...

A última palavra que Didi deixa no ar – "... escavações..." – faz com que Ana Clara sinta novamente o mesmo arrepio que havia sentido quando soprou a última rajada de vento. Ela arregala os olhos e repete a mesma frase que tinha dito quando sentiu essa mesma reação da outra vez. Reação que mais parece uma premonição.
– Tem alguma coisa errada!
Desta vez é Bruno quem rebate a advertência de Ana Clara.
– Grande novidade!
E a garota, mais uma vez, insiste:
– Alguma coisa "mais" errada, eu quero dizer. Eu preciso usar o banheiro, Didi.
O pedido de Ana Clara confunde Bruno e Léo. Não Didi, que percebe no pedido um sinal.
– Mas aqui, Ana?
– Estou quase fazendo xixi nas calças...
Ana Clara vê um pouco à frente o luminoso preto e azul onde está escrito "Metrô São Bento" em branco.
– ... será que você não vem comigo ao banheiro do metrô?
Bruno se intromete...
– Os banheiros públicos são muito malcuidados, Ana. Ainda mais aqui no centro... e a essa hora...
Conferindo em volta, Bruno avista o Mosteiro São Bento e...
– ... vamos até o Mosteiro de São Bento...
Tem algo de misterioso no jeito como Bruno diz isso. Mas é impossível para Ana Clara entender o que seja.
– ... eu tenho um grande amigo lá.
Ao ouvirem a última frase de Bruno, os olhos de Didi e de Ana Clara se encontram. É como se ao mesmo tempo

as duas tivessem visto na informação alguma possibilidade mais profunda do que simplesmente usar o banheiro. Quando Ana Clara, Léo, Didi e Bruno chegam em frente às enormes e muito altas portas de madeira escura do mosteiro, que, na verdade, estavam a poucos metros deles, eles têm uma surpresa...

– ... estão fechadas.

Abrindo um sorriso para Ana Clara, Bruno a tranquiliza...

– Portas fechadas, para mim, nunca foram um problema!

O sorriso de Bruno faz com que a garota confie totalmente nele.

– Pra mim, também não.

Léo fica enciumado com a troca de simpatias.

– Você vai ligar pra alguém lá dentro abrir a porta?

– Vou...

Bruno tira do bolso um cartão telefônico e vasculha a praça com um olhar procurando o orelhão mais próximo.

– ... meu amigo é monge e foi meu professor na faculdade.

– Por que você não usa o seu celular pra falar com ele?

– Porque eu fiz com o meu celular o mesmo que eu disse para a Ana Clara fazer com os celulares de vocês: me livrei dele. Achei que também estava grampeado... me esperem aqui, eu vou ali telefonar.

Ana Clara lança para Léo um olhar que o garoto entende como um sinal para que ele acompanhe Bruno.

– Vou com você, Bruno.

– Tudo bem... então, vamos os quatro.

– Acho melhor eu ficar aqui... se eu der mais um passo pode ser que eu faça xixi nas calças.

— Eu fico com ela, Bruno. Afinal, o orelhão não está tão longe.

Quase contrariado, Bruno aceita que Ana Clara e Didi fiquem na porta do Mosteiro de São Bento.

— ... afinal, o orelhão não está tão longe, Didi. Qualquer coisa gritem!

— Pode deixar.

Assim que Bruno e Léo começam a se afastar, Ana Clara chega mais perto de Didi.

— Temos que ser rápidas: por que você ficou daquele jeito quando viu o Mosteiro de São Bento, Didi?

— Você não vai acreditar!

— Claro que vou.

— Existe uma imagem em que São Bento aparece com um urubu pousado nos pés dele.

Quase que Ana Clara não consegue conter o grito de alegria com a notícia que ela acaba de receber.

— ... *Yeeees!*

Conferindo a enorme construção à sua frente, a garota fica ainda mais animada.

— Olha só a altura dessas torres, Didi.

— Não quero desanimar você, Ana. Mas elas não são tão altas quanto o Edifício Copan. Devem ter no máximo uns trinta metros.

Mesmo sem querer, o que Didi acaba de dizer desanima Ana Clara pelo menos um pouco.

— Tem razão.

— Mas tem o urubu, Ana.

— Tem razão de novo.

— Agora, até eu acho que isso não é por acaso.

— O Léo e o Bruno estão voltando, Didi.

— O que você pretende fazer?

— Não faço a menor ideia... só sei o que eu não pretendo fazer.
— O quê?
— Desistir...
Sem saber muito bem o porquê, Ana Clara olha para o alto; e, também sem saber muito bem o porquê, ela se assusta com o que vê: apareceu uma estrela exatamente no meio do alto céu. Ela não tem tempo de chamar a atenção de Didi para isso. Bruno e Léo já estão de volta.
— ... e aí, Bruno.
— Estamos com azar... e com sorte.
— Fala primeiro sobre o azar.
— Todos os monges beneditinos estão fora... parece que eles estão reunidos em Aparecida do Norte, no inteiror, para organizar algum evento religioso internacional...
— ... ouviu o que eu disse, Ana?
— Ouvi: que os monges beneditinos estão em Aparecida do Norte.
— Pela sua cara de desligada, eu sabia que você não tinha ouvido o que eu disse depois.
— Não ouvi mesmo.
— Que, mesmo o mosteiro estando praticamente deserto, a pessoa que está como zeladora, eu conheço... é a mãe do meu amigo... ela já vai abrir a porta.
Didi, Ana Clara e Léo olham para uma porta de vidro pequena e um pouco distante das enormes portas de madeira centrais. Uma senhora, baixa, muito gorda, rosto redondo, com a pele clara muito enrugada, um par de olhos de lentes grossas, cabelos curtos ralos brancos e azulados ao mesmo tempo e um tanto quanto animada, vem na direção de Bruno com os braços abertos.
— Quem é vivo sempre aparece!

— Dona Marta! Há quanto tempo!
— Vejam se não é o homem mais bonito que esses meus precários olhos já viram.

Bruno corresponde à animada receptividade da senhora com um aceno de cabeça.

— ... não se deixe enganar pelos seus precários olhos, Dona Marta.
— Tudo bem, meu filho?
— Tudo em paz. E a senhora?
— Tirando os temores, vamos levando...

Dona Marta confere atenta Didi, Léo e Ana Clara.

— ... e quem é essa gente bonita?

Depois de uma rápida apresentação, Bruno se lembra da razão que fez com que ele pedisse para entrar no mosteiro: a vontade de Ana Clara fazer xixi.

— A senhora poderia indicar o banheiro para Ana Clara?
— Claro... entrem por favor...

Assim que todos entram, Dona Marta faz o mesmo, tranca a porta e o grupo começa a percorrer devagar o corredor de piso de tábua corrida.

— ... e se vocês tiverem um tempinho, são meus convidados para uma broa de milho com café. Acabei de passar o café... e a broa ainda tá quentinha.

Os corredores internos do mosteiro são bastante extensos, antigos, têm paredes altas e a maior parte das lâmpadas está apagada; o que faz com que as sombras de Ana Clara, Léo, Didi, Bruno e Dona Marta desenhem nas paredes formas gigantescas, quase assustadoras. Entre as sombras, quadros de vários tamanhos e também antigos, com imagens de homens geralmente velhos e vestidos com o hábito negro típico dos monges beneditinos. Na maioria dos quadros, as expressões dos homens são sérias. Muito sérias!

Ana Clara vê ao longe, no fundo do corredor, uma imagem pintada em um quadro – com o dobro do tamanho dos outros! –, que chama sua atenção.
– Aquele é São Bento, Dona Marta?
– É sim. Nosso querido São Bento.
Conferindo os detalhes da imagem, Ana Clara não vê perto dele nada que lembre um urubu. O santo está sozinho e também vestido de negro, como os monges nos outros quadros.
– Os monges estão lá em Aparecida do Norte, sabem? Terminando de preparar uma grande festa... está todo mundo de cabelo em pé!
Léo se assusta!
– Por quê?
Sem deixar de guiar o grupo pelo corredor, Dona Marta se volta e lança um sorriso enigmático para Léo.
– Por nada... e por tudo ao mesmo tempo, Léo... o banheiro é logo ali, filha.
Didi pega a mão de Ana Clara.
– Eu vou com ela.
Achando graça na reação de Didi de pegar a mão de Ana Clara,
Dona Marta sorri.
– Não tenha medo, Didi... essa noite eles não vão fazer nada.
Ao ouvirem a palavra "eles", Léo e Ana Clara sentem um arrepio!
– E... eles quem?
Dona Marta vasculha com um olhar perdido e assustado os quadros velhos pendurados nas paredes altas. Em seguida, balança a cabeça como se quisesse afastar algum pensamento ruim e tenta sorrir novamente; mas não consegue.

— Os fantasmas, filho...

A curiosidade de Léo é tanta e faz com que ele estique o pescoço de tal maneira que parece que ficou com o rosto colado ao rosto de Dona Marta, de quem ele está a alguns passos de distância.

— Quais fantasmas?

— Os fantasmas da história desse lugar, filho...

Passando a falar com Ana Clara e Didi, Dona Marta recupera o sorriso e tenta quebrar o clima que ela mesma criou.

— ... nós esperamos vocês na cozinha.

Dona Marta indica a cozinha, para onde ela segue em companhia de Léo e de Bruno. Ana Clara e Didi entram no banheiro. É um cômodo enorme e frio, como os banheiros coletivos das escolas antigas. Tem o teto alto, as paredes cobertas de azulejos brancos envelhecidos pelo tempo. O chão é de piso vermelho também velho e os espelhos da parede estão precisando de manutenção. As janelas são pequenas e ficam muito altas. Mesmo Didi tendo acendido as três lâmpadas do teto, a luz amarelada é insuficiente para iluminar todo o banheiro.

— Acho que eu não devia ter deixado o Léo com o Bruno e essa Dona Marta.

— Por que, Didi?

— Esse lugar... não sei...

— Você ficou com medo dos fantasmas?

Agora é a vez de Didi sentir um arrepio e tentar disfarçar com um sorriso um tanto quanto amarelo.

— Claro que não.

Achando melhor respeitar a mentira da tia do que se divertir à custa dela, Ana Clara sorri.

— Claro que não, Didi.

— Eu não sabia que ia ser tão fácil entrar aqui.

– Eu só espero que não seja difícil sair.
Didi finge que não ouviu o que Ana Clara acaba de dizer.
– Faça logo o seu xixi, Ana... eu não quero deixar o Léo sozinho muito tempo.
– *Hellooo*! Didi? Eu não quero fazer xixi coisa nehuma.
– Não?
– Claro que não. Eu só queria continuar conversando com você sozinha e...
Um estrondo, seguido de um eco, interrompe a fala e os planos de Ana Clara.
– O que foi isso?
Didi se assusta... e se lembra de seu sobrinho!
– Léo!
Nem é preciso que Didi diga nada; ela e Ana Clara saem do banheiro e começam a caminhar na direção que Dona Marta indicou como sendo a da cozinha. Depois de dois passos, Dona Marta aparece na frente delas, vindo da cozinha absolutamente tranquila e estranhando a expressão de medo estampada no rosto das duas.
– Aconteceu alguma coisa?
Ana Clara fica bastante desconfiada com a serenidade da pergunta de Dona Marta. É Didi quem faz a próxima pergunta, nada serena...
– Onde está o Léo?
– Ele está bem.
– Como assim "bem"?
– O Léo está na cozinha, com o Bruno... comendo o segundo pedaço de broa.
– Explodiu alguma coisa e...
Ao entender sobre o que Didi está falando, Dona Marta sorri.
– Ah... vocês ouviram?
Só agora Ana Clara resolve entrar na conversa.

— Impossível não ouvir. O que foi que explodiu?
— Explodiu? Nada... o barulho que vocês devem ter ouvido são os janelões de uma das bibliotecas. A biblioteca de pesquisa de meu filho. Hoje está ventando muito e, quando saiu, ele deve ter se esquecido de fechar os janelões. Eu estou indo lá, fazer isso...

Dona Marta faz uma pausa, respira fundo, pensa em algo que a incomoda um pouco, encara Ana Clara e, como se temesse pela resposta, pergunta...

— ... você não quer vir comigo?

Também temendo pela resposta da sobrinha, Didi coloca a mão sobre o ombro dela. E Ana Clara responde a Dona Marta com uma pergunta...

— Eu posso ir?

É falando mais devagar e ainda mais temerosa que Dona Marta responde.

— Eu é que pergunto: você pode ir?

Temendo tanto quanto Dona Marta e Didi a própria resposta, Ana Clara diz...

— Acho que eu tenho que ir.

Didi faz pesar a mão que ela tem pousada sobre o ombro de Ana Clara.

— Não, Ana.
— Vem junto, Didi.

Sabendo que não vai conseguir conter Ana Clara — e também cada vez mais interessada em saber aonde isso tudo vai dar —, Didi relaxa a mão sobre o ombro da sobrinha; o que Ana Clara entende como um sim.

— Então, venham comigo as duas... temos que atravessar a igreja!

Uma das portas do corredor dá acesso à Igreja de São Bento.

Enquanto atravessam a porta, Dona Marta aperta um interruptor que ilumina a igreja precariamente com luz branca e fria. A igreja é enorme. Alta. Luxuosa. Os bancos de madeira escura trabalhada estão muito bem cuidados. O piso está limpo e os desenhos que ele forma brilham, mesmo com a pouca luz. Há enormes imagens de vários santos espalhadas e suspensas perto das colunas em arco. A luz precária ilumina as imagens de baixo para cima, deixando-as quase assustadoras. Em um dos cantos, perto do altar, Ana Clara vê enormes cones de metal.

– Olha, Didi.
– São os tubos de um órgão.

Dona Marta corrige Didi.

– São os tubos "do" órgão.

A maneira como Dona Marta corrige Didi mostra a Ana Clara como esse órgão deve ser importante. A garota prefere não entrar em detalhes. Tem alguma coisa que a está incomodando; ela não sabe bem o que é. Assim que chegam ao outro extremo da igreja, Dona Marta abre outra porta lateral, que dá acesso a um corredor ainda mais alto e mais comprido do que o primeiro que elas atravessaram.

– Que labirinto!

Seguindo Dona Marta pelo corredor quase escuro, Ana Clara e Didi chegam com ela a outro, mais estreito, mais escuro e tão alto quanto o outro. O assoalho desse corredor está um pouco mais gasto e range a cada passo dado sobre ele.

– ... meu filho, Raulzinho, não me deixa descer pra esses lados...
– Descer?
– A biblioteca fica no piso de baixo...

Assim que Dona Marta termina sua frase, aparece no caminho um corredor com um acesso a uma escada escura. Acendendo a luz, Dona Marta se corrige.

– ... ou melhor, alguns pisos abaixo.
Só algumas lâmpadas da escada se acendem... e deixam à mostra uma escada que parece não ter fim. Dona Marta, Didi e Ana Clara começam a descer. Mesmo com a precariedade da iluminação, é possível enxergar o suficiente para que se veja que as paredes que ladeiam as escadas também estão forradas de quadros de homens sérios e vestindo os hábitos negros dos monges beneditinos.
Dona Marta adverte...
– Tomem cuidado. A madeira velha desses degraus escorrega um pouco. Não é pra menos... Elas estão aqui há muito tempo. Sabiam que o mosteiro é o sítio histórico mais antigo da cidade?
Didi se interessa pela precisão técnica de Dona Marta quando ela diz "sítio histórico"!
– Sítio histórico?
Ana Clara se interessa muito mais!!
– Mais antigo do que o Pátio do Colégio?
– Bem mais antigo.
Quando chegam ao final da escada, um novo corredor e uma nova escada, um pouco mais curta e em caracol. As paredes que formam o vão em torno da escada caracol também estão totalmente cobertas por quadros em que estão pintados homens sérios vestindo hábitos negros.
– ... estamos chegando...
No corredor – onde aparentemente não há mais nenhum acesso a escadas – dez portas. Todas fechadas. Enquanto acende a única lâmpada que tenta, mas não consegue, iluminar o corredor, Dona Marta tem alguma dificuldade para encontrar qual porta ela está procurando.
– ... não consigo me lembrar.
Sem a menor sombra de dúvida, Ana Clara aponta a

terceira porta do lado oposto ao que elas desceram.
— É aquela ali...
Dona Marta olha para Ana Clara, fingindo que estranha o que acaba de ouvir.
— Como você sabe?
A garota também tenta disfarçar sua certeza.
— ... acho que é aquela ali.
— Você tem razão.
Assim que Dona Marta a empurra, a porta se abre. Enquanto Ana Clara tenta entender o lugar aonde acaba de chegar, um arrepio profundo percorre seu corpo.

Trata-se de um salão médio, com todas as paredes cobertas por prateleiras de livros antigos de cima a baixo. Muitos livros. Parece até que os livros vão saltar das prateleiras, de tão cheias que elas estão. No meio da sala, algumas outras estantes, também transbordando livros, formam um tipo de labirinto que deixa o salão quase claustrofóbico. Entre as estantes, uma mesa antiga com uma luminária enferrujada e... mais livros empilhados desorganizadamente. Ao lado da mesa, pilhas de livros também se espalham pelo chão. Sobre a mesa, Ana Clara vê um porta-retratos triplo. Na foto do meio, um homem tão simpático quanto idoso, com o rosto redondo e os cabelos totalmente brancos e vestindo o hábito negro dos monges beneditinos. Sob a foto, o nome "Raulzinho". As fotos laterais são de Dona Marta — alguns anos mais jovem — e de um homem, parecido com o monge Raulzinho, mas muitos anos mais velho do que ele. Sob a foto de Dona Marta, a palavra "mamãe". Sob a foto do homem, a palavra "papai". Um comentário que Dona Marta acaba de fazer chama de volta a atenção de Ana Clara....

— Ué...

Quando diz isso, Dona Marta está olhando para o alto de uma das paredes.

– ... que estranho!

A exclamação de Dona Marta faz com que Ana Clara e Didi façam o mesmo e tenham a mesma surpresa.

– ... os janelões estão fechados...

Os janelões dão para um tipo de respiradouro interno do mosteiro e não para a rua.

– ... eu tinha certeza de que o barulho era dos janelões...

Talvez até Dona Marta tenha continuado a falar, mas a partir desse momento Ana Clara deixa de prestar atenção nela...

– Olha, Didi.

... para se ligar em uma imagem apoiada sobre um oratório na mesma parede onde ficam os tais janelões que deveriam estar abertos. O que ela acaba de ver empolga Didi.

– A imagem de São Bento com o urubu aos seus pés.

Ana Clara volta a sentir aquele arrepio de frio, que parece não querer abandonar a garota... e ela sussurra...

– Tem alguma coisa errada...

Didi não entende o que Ana Clara quer dizer.

– Coisa errada?

– ... olha bem para a imagem, Didi.

9

Quando Ana Clara percebe que a ave que está aos pés de São Bento na imagem de gesso não é um urubu, e sim um corvo, a garota custa a acreditar. E quando acredita, um misto de tristeza e frustração toma conta dela.

– Tá tudo errado...

Ana Clara se sente ridícula. Tanto que ela quase nem consegue se interessar pela simpática explicação de Dona Marta, quando a senhora conta que, diz a história, o corvo é a ave que teria salvado São Bento de um envenenamento.

– ... tudo errado...

A garota encara aquele corvo aos pés de São Bento como uma armadilha. Uma armadilha que faz ir abaixo a teoria que ela vinha montando em sua cabeça nas últimas horas. Quando pensa nessas palavras, "últimas horas", e na ideia que está dentro delas – que o tempo está passando! –, um arrepio sacode a frustração e a tristeza de Ana Clara e ela volta a se concentrar no que a movimentou até aquele momento: a crença de que, mesmo estando tudo aparentemente errado, ela tem que usar esses erros para chegar ao caminho certo. Quando consegue relaxar a aflição, Ana Clara presta mais atenção na temperatura do lugar...

– Como é frio aqui.

Mesmo com as janelas fechadas e aquele mar de livros, a biblioteca é bem fria. Conferindo mais uma vez se os janelões estão mesmo fechados, Dona Marta explica, quase desatenta ao que diz...
— É que o piso é só de cimento... e nos deixa mais perto da terra... esse menino só faz bagunça!
Em seu movimento para chegar até a mesa, Dona Marta derruba, desatenta, uma das pilhas de livros do chão. Sem saber se é bem-vinda, Ana Clara começa a ajudá-la a recolher... e suas tranças se arrepiam! Embaixo da mesa, jogados no chão, centenas de parafusos enferrujados.
— O sonho!
Tentando controlar o susto, ela busca uma explicação...
— Esses... parafusos...
Dona Marta confere os parafusos e não dá muita importância a eles.
— São os parafusos que vão caindo das janelas e das estantes... tudo aqui é muito antigo, filha... antigo e profundo.
— Profundo como?
— Nós estamos muito abaixo do nível da rua. Eu vivo dizendo ao Raulzinho que se alguém cavar um buraco no chão, aqui na biblioteca dele, vai acabar chegando aos restos dos índios.
Os olhos de Ana Clara passam a brilhar com mais intensidade. Ela continua empilhando os livros no chão.
— Restos dos índios?
— Então, você não sabe?
— Acho que não.
— Pouca gente sabe... falta de memória histórica! O mosteiro foi construído sobre o terreno em que antes ficava uma aldeia indígena.

Tentando disfarçar – sem conseguir! – o profundo interesse que está sentindo, Ana Clara quer saber...
– Quais eram esses índios?
– Alguns dizem que eram Tupinambá... outros, Guaianá; como nas demais histórias, cada um quer escrever o seu pedaço.
Uma certeza um tanto quanto eufórica toma conta de Ana Clara.
– Achei, Didi!
Didi se assusta.
– Achou o quê?
– Mesmo não sendo um urubu, é aqui.
Parece que Dona Marta não gostou de ter ouvido a palavra "urubu".
– Sobre o que você está falando?
A euforia de Ana Clara faz com que ela ignore a pergunta de Dona Marta e continue a falar com a tia.
– É sobre o Mosteiro de São Bento que os Metálicos estavam falando.
– Calma, Ana.
– ...nós temos que ir buscar... nós temos que ir buscar...
– Buscar quem, Ana?
Quando insiste, Dona Marta tenta tirar de Didi a resposta que não teve de Ana Clara.
– Que história é essa de urubu, Didi?
– ...Cadê o Léo?... ele precisa saber de tudo...
– Saber do quê, Ana?
– ...pra me ajudar, ele precisa saber de tudo e...
É nesse momento que Ana Clara recolhe do chão um livro que chama – e muito! – a atenção dela: *São Paulo e os Índios*, de um tal Dr. Brandão Braga. Apertando a capa marrom de couro velho de livro, uma ideia passa por sua cabeça...

— Dona Marta, a senhora acha que seu filho se incomodaria se eu levasse este livro até lá em cima?
Dona Marta está cada vez mais desconfiada.
— Tenho certeza...
Impossível não se deixar contagiar pelo carisma de Ana Clara, especialmente quando ela renova sua bateria de euforia.
— É muito importante!
— ... mas, se você me explicar exatamente o que está acontecendo, quem sabe eu consiga arrumar um jeito de meu filho nem ficar sabendo.
Ana Clara não economiza na gravidade.
— Essa é uma noite muito perigosa...
— ... você também?!
— ... é a noite do alinhamento circular que vai deixar exposto um segredo dos índios que, se cair em mãos erradas, vai...
Só agora Ana Clara percebe que Dona Marta interrompeu sua explicação com um enigmático *"você também?!"*.
— Espera aí: "eu também" o quê?
— Acreditou nessa história?
— Quer dizer que a senhora já sabe?
— Meu filho andou comentando esse assunto há algum tempo. Não sei se você sabe, o principal foco do trabalho dele são as aldeias indígenas extintas, mas...
— Mas?
Dona Marta toma todo cuidado com o que vai dizer.
— ... em todas as suas pesquisas... em todos esses livros... ele não encontrou nenhuma confirmação de que exista mesmo a noite desse tal alinhamento circular... isso tudo é lenda, minha filha...
— Lenda?

– ... pra não dizer "uma grande bobagem"...
Delicadamente, Dona Marta tira o livro das mãos de Ana Clara e o coloca sobre o alto da pilha que ela acaba de remontar.
– ... eu posso garantir que aqui, nesses livros, você não vai encontrar nada sobre esse assunto.
Frustrada, quase vencida, Ana Clara olha para o chão.
– Nos livros não...
Ninguém entende o que a garota quis dizer! Mas ter dito isso deu ainda mais energia a Ana Clara, que lança no ar um sorriso quase sincero.
– ... a senhora está certa. Vamos voltar lá pra cima? Estou doida pra experimentar a broa de milho.
Ana Clara ter aceitado a negativa de Dona Marta, assim, tão facilmente, deixa Didi bastante intrigada.
– Agora quem quer ir ao banheiro sou eu!
Já subindo a escada em forma de caracol, Didi cochicha para Ana Clara.
– O que é que você tanto precisa dizer pro Léo, Ana?
Também cochichando, Ana Clara responde.
– Agora não dá pra explicar, Didi.
– O que é que você tá tramando, menina?
– Eu não posso deixar que derrubem o Mosteiro de São Bento.
– Mas, Ana...
– Deixa comigo, Didi.
Quando chegam ao andar térreo, Dona Marta para em frente ao banheiro.
– Querem que eu espere vocês aqui na porta?
Didi nem se lembrava mais que disse que queria ir ao banheiro. Ela está tentando entender aonde Ana Clara quer chegar.

— Ah... não... a minha vontade de ir ao banheiro passou.
Os olhos curiosos de Dona Marta não têm mais dúvidas: alguma coisa estranha está acontecendo ali. Ana Clara tenta deixar tudo com jeito de normal.
— Vamos logo comer a broa...
Quanto mais Ana Clara tenta se passar por uma garota normal, mais Didi desconfia dela.
— ... se é que o meu primo deixou algum pedaço pra mim.
— Você não me engana, ouviu, Ana?
Dona Marta não entende o comentário de Didi, que lança um sorriso amarelo como começo de uma explicação...
— ... minha sobrinha sabe muito bem que o primo dela jamais faria isso!
— Vocês duas são bem estranhas!
Quando Ana Clara, Didi e Dona Marta chegam à cozinha, a conversa entre Léo e Bruno está bastante animada...
— Tem certeza, Bruno, de que elas fazem isso só para aparecer?
— Claro que tenho! É "negócio", Léo.
Ana Clara não entende sobre o que Léo e Bruno estão falando.
E quer entender:
— O que é que é "negócio"?
— O Bruno tá dizendo que essas atrizes que ficam toda hora se separando e se casando em capas de revista fazem isso só pra aparecer.
É o próprio Bruno que defende sua teoria:
— Com tanta exposição na mídia, elas estão no imaginário das pessoas e acabam faturando um dinheirão com comerciais e eventos Brasil afora.
Esse é um tipo de assunto que em nada interessa Ana

Clara, ainda mais em um momento como esse. Mas ela vê na situação um bom álibi para o que pretende pôr em prática.

— O Bruno tá certo, Léo. Ouvi dizer até que a maioria das atrizes e atores cobra pra ir nessas festas que aparecem depois nas revistas. Será que é verdade, Bruno?

Enquanto fala, assim como quem não quer nada, Ana Clara vai chegando cada vez mais perto de Léo. Acompanhar os movimentos da sobrinha e ver Ana Clara dar tanta atenção a um assunto como esse, tão pouco interessante, só deixa Didi mais intrigada.

— A maioria das pessoas famosas cobram, sim, para ir às festas.

Léo está interessado de verdade no assunto.

— Mas elas já não ganham um dinheirão por serem famosas?

— As pessoas não ganham por serem famosas, Léo, e sim pelo trabalho delas como atrizes, cantoras... e a maioria dessas atrizes e atores não ganha tão bem assim. Na verdade, eles ganham mais com esses trabalhos que fazem por causa da fama.

— Ah!

Chegou a hora de Ana Clara entrar em ação. Pegando um pedaço de broa, ela dá um jeito de chegar ainda mais perto de Léo.

— Preciso que você me ajude...

Tão envolvido está o garoto com o tema da conversa que não entende a prima.

— Hã?

— ... por favor, me ajuda.

Ao ter certeza de que Léo entendeu que Ana Clara precisa de ajuda, ela volta a falar mais alto, tentando dar ao que vai dizer o maior tom de naturalidade que consegue.

— Sabe, Bruno, o Léo se interessa tanto assim por esse assunto porque ele quer ser fotógrafo, não é, Léo?
— Hã?!... Ah! É... eu quero ser fotógrafo...
Didi estranha tanto a pergunta de Ana Clara quanto a resposta de Léo; isso só confirma sua teoria de que deve ficar ligada nos sobrinhos.
— Disso nem eu sabia!
— Por falar nisso... Léo, sua câmera está na mochila?
— Câmera... acho que sim... quer dizer, tá, sim.
Voltando-se para Dona Marta, Ana Clara tenta fazer cara de garota comportada.
— Dona Marta, eu vi no corredor uma imagem linda de São Bento...
— De fato, ela é muito bonita.
— ... eu tenho uma avó que é fã dele.
— Sua avó não seria "devota"?
— Quer dizer: devota... eu tenho certeza de que ela adoraria ganhar uma foto exclusiva com a imagem de São Bento...
— Que avó é essa que eu não conheço, Ana?
Passando por cima da pergunta de sua tia, Ana Clara chega aonde quer chegar...
— ... a senhora se incomodaria se eu fosse com o meu primo fotografar a imagem?
— Claro que não!
Didi se aproxima de Ana Clara.
— Claro que sim!
— Eu não vejo problema nenhum em eles irem até o... corredor... fotografar São Bento, Didi.
Pela maneira com que ela destaca a palavra "corredor" e a frase "fotografar São Bento", fica claro que Dona Marta sabe que aquele pedido é um álibi. Ela também entende ali alguma armação dos primos arrepiados.

Bruno sai em socorro de Léo e de Ana Clara.
— É aqui do lado, Didi... dentro do mosteiro nós estamos protegidos.
Para que Didi não tenha tempo de exercer sua autoridade, Ana Clara pega Léo pela mão, sorri para a tia e...
— Nós já voltamos, Didi... confia em mim. Vem, Léo.
Acompanhando, com os olhos, Léo e Ana Clara sair, Dona Marta sorri...
— Cuidado com os degraus...
Quando eles já estão fora do campo de visão de quem está na cozinha, Dona Marta diz...
— Deixe que ela leve o primo até a biblioteca, Didi. Quem sabe, conferindo os livros, sua criativa sobrinha desista de brincar de filme de ação.
— Meu medo é outro.
— Como disse o Bruno, o mosteiro é totalmente seguro.
— Não com as ideias da minha sobrinha espalhadas por ele.
Dona Marta não entende o que acaba de ouvir, mas como ela, aparentemente, discorda de Didi de que haja perigo, deixa o assunto pra lá.
— Coma um pedaço de broa, Didi.
Já que não tem outra alternativa, Didi resolve deixar que o destino cuide de seus sobrinhos por alguns instantes e encara a travessa onde há ainda meia broa dourada e muito macia.
— Se eu engordar, mando processar a senhora, Dona Marta!
— Vai ser difícil me encontrar...
Assim que Ana Clara e Léo chegam ao corredor, a garota abandona bruscamente o tom de conversa fiada que ela vinha mantendo na cozinha, arregala os olhos, ouriça as tranças e encara Léo tão eufórica quanto assustada.

— Eu tenho que ser rápida, Léo.
— Descobriu alguma coisa?
— Tudo... quer dizer, quase tudo...
Ana Clara está tão eufórica que ela não sabe direito como começar a conversa com Léo.
— ... Adivinha o que eu vi no chão da biblioteca do filho da Dona Marta?
— Como é que eu vou saber?
— Parafusos. Parafusos enferrujados!
Os cabelos de Léo ficam ainda mais arrepiados.
— *Orrameu!*
— É o Mosteiro de São Bento que os Metálicos vão derrubar.
— Tá maluca?
— Eu preciso que você confie em mim, Léo.
— Sempre que você me pede isso, eu confio um pouco menos em mim.
— Isso não é hora para o seu ego entrar em ação, Léo.
— Se liga!
— Você sabe que sozinha eu não faço nada.
— Ainda bem que você diz isso de vez em quando. Mesmo que seja muuuuito de vez em quando.
— Se liga você, Léo. Você sabe que eu confio muito em você.
— Confia?
— Confio e aprendo muito com você, mesmo quando eu acho que você tá dizendo ou fazendo absurdos... olhando pro mundo com preconceito...
— Pensando bem, acho que eu também aprendo muito com você, mesmo quando tenho certeza... quer dizer, mesmo quando eu acho que o que você tá fazendo ou dizendo possa ser um absurdo.
— Acha ou tem certeza?

– "Acho"... nessas últimas horas, acho que eu tô aprendendo a ser mais flexível, sabe? Aprendendo que existem outras maneiras de olhar pro mundo, pras coisas, pro jeito das pessoas...

Mesmo estando muito contente – e até um pouco tímida – com o que está ouvindo, Ana Clara sabe que ela e seu primo não têm muito tempo.

– Legal... depois a gente conversa melhor sobre isso. Agora, vamos parar de enrolar...

– Quem tá enrolando é você. Eu nem sei o que você quer comigo.

– Eu quero que você volte comigo ao Pátio do Colégio.

– Você tá louca?

– Esse é o tipo de pergunta que eu não posso responder agora, mas eu acho que não. Vem comigo...

Ana Clara sai andando pelo corredor em direção à porta por onde ela, Léo, Didi e Bruno entraram no mosteiro, tomando todo cuidado para não fazer barulho.

– ... no caminho eu explico.

– A Didi vai ficar furiosa.

– A Didi "já" está furiosa... e eu estou fazendo de tudo pra que ela, nós e todo mundo continue existindo, nem que seja furiosamente.

A chave está na fechadura da porta. Ana Clara destranca a porta, deixa que Léo passe, tira a chave da porta, sai atrás dele e tranca a porta por fora.

– Você vai deixar eles trancados aí dentro?

Antes de responder, Ana Clara passa a chave para dentro, por baixo da porta.

– ... é melhor eles continuarem trancados.

– Mas e se nós tivermos que voltar correndo?

– Xiii!!! Léo está certo! Ana Clara não tinha pensado nisso.

— Tarde demais. Vamos contar com a sorte.
— Contar com a sorte é uma coisa... abusar é outra.
Mesmo achando que Léo está com a razão, Ana Clara não tem como voltar atrás em seu erro. Enquanto ela e Léo cruzam o Largo São Bento, totalmente deserto, em direção à praça e à rua por onde ela, Didi e Léo chegaram ali vindos do Pátio do Colégio, Ana Clara confere o céu e o coração da garota dispara. Apontando para o que acaba de ver, ela chama a atenção do primo.
— Olha, Léo...
Ao olhar para cima, o coração de Léo tambem dispara.
— ... quantas estrelas!
O que os primos arrepiados viram foi um arco de estrelas alinhadas no céu; ou melhor, o pedaço de um arco.
— Quando o arco inteiro estiver visível, acho será a hora do alinhamento circular... a hora do maior perigo...
— Que estranho! Essas estrelas não iluminam nada. É como se elas nem estivessem no céu.
— Mas elas estão... rápido, Léo. Vamos.
Ana Clara e Léo aceleram o passo em direção à praça e à rua por onde eles chegaram ao Mosteiro de São Bento.
— O que é que nós estamos indo fazer no Pátio do Colégio, Ana?
— Buscar... um... uma coisa.
— Você acha que o vigia vai deixar você entrar de novo?
— Acho que não vai ser preciso.
— Como é que você vai pegar alguma coisa no banheiro sem entrar?
— Eu não vou pegar nada no banheiro.
Léo freia seu par de tênis de cano alto.
— Para tudo.
Conferindo o céu e vendo mais estrelas do que ela

tinha visto quando saíram do mosteiro, Ana Clara começa a ficar aflita.
– Nós não podemos perder tempo, Léo.
– Eu não dou mais um passo sem saber o que eu estou indo fazer, voltando a nossa história pra trás.
– Eu explico tudo, mas vem andando comigo, por favor.

Contrariado, Léo aceita a proposta da prima e volta a andar com ela pelo labirinto de prédios da noite escura do centro da cidade.

E Ana Clara começa...
– A construção do Mosteiro de São Bento é mais antiga do que a construção do Pátio do Colégio.
– E daí?
– E daí que "o começo de tudo", que o Xamã da aldeia da índia sem nome estava falando, deve ser o Mosteiro de São Bento.
– Ah... tá louca?
– Por que louca?
– Se o Pátio do Colégio é o começo da cidade sob o ponto de vista dos jesuítas, como você falou, o Mosteiro de São Bento é o começo da cidade sob o ponto de vista dos monges beneditinos.
– Até aí você está certo, Léo... mas tem uma coisa que você ainda não sabe.
– O quê?
– O mosteiro foi construído sobre uma aldeia indígena.
– Hã?
– Isso mesmo: tem os restos de uma aldeia indígena muito antiga embaixo do Mosteiro de São Bento.

A teoria de Ana Clara está interessando muito ao Léo; mas ele ainda tenta rebatê-la.
– Quem te garante que embaixo de onde é o Pátio do Colégio também não tenha índios?

— Por enquanto, Léo, ninguém me garante nada... mas ninguém me disse até agora que embaixo do Pátio do Colégio tem índios... e me disseram que embaixo do Mosteiro de São Bento tem.
— E o lance do urubu e São Bento?
— Era um símbolo.
— Hã? Como assim?
— Era só um símbolo. Existe mesmo a imagem de São Bento com um pássaro, lá na biblioteca do filho da Dona Marta. Mas é um corvo.
— Então o urubu era o símbolo que nos fez chegar à imagem que... nos fez chegar aos restos da aldeia embaixo do mosteiro...
— Exatamente, Léo.
— E os 111 metros?
— Acho que talvez também seja um símbolo.
— Símbolo do quê?
— Isso eu ainda não sei... mas vou confirmar no Pátio do Colégio.

Durante uns três segundos Léo reflete sobre o que ele acaba de ouvir.

— Então era isso o que a Dona Marta queria mostrar pra você?

Agora é Ana Clara quem freia os tênis no cimento do calçadão.

— Como é que é?

Léo não entende a surpresa da prima.

— "Como é que é" o quê?
— "Isso" que você acabou de falar.

Os primos arrepiados voltam a caminhar.

— Acabei de falar?
— Se liga, Léo. Você falou que a Dona Marta disse que queria me mostrar alguma coisa...

– ... e não foi o que ela fez?
– Você tá afirmando que, quando ela saiu da cozinha e foi se encontrar comigo e com a Didi no banheiro por causa do barulho, ela disse que queria falar comigo?
– Barulho? Que barulho?
Parece que Ana Clara está começando a entender.
– Você não ouviu nenhum barulho, o estrondo de janelões batendo, quando estava na cozinha com o Bruno e a Dona Marta?
– Não.
– E a Dona Marta não saiu da cozinha pra conferir o barulho?
– Também não... pelo menos não foi o que ela disse.
– E o que ela disse?
– Eu já disse: que precisava falar com você.
– Então... não tô entendendo mais nada... Recuperada do susto, Ana Clara respira fundo!
– ... nem dá pra entender agora... nós temos muito o que faz...
O que faz Ana Clara interromper o verbo de sua última frase no meio é o vento que assobia gelado...
– ... outra vez...
... deixando as tranças dela e os cabelos espetados do Léo ainda mais arrepiados. E Ana Clara se repete:
– ... tem alguma coisa errada.
– Claro que tem.
– Não é isso o que eu estou falando, Léo... você sentiu esse vento frio.
– Vento é sempre frio.
– Nem sempre... e você entendeu muito bem. Sempre que eu sinto esse assobio, parece que o vento quer me dizer alguma coisa... mas eu não consigo entender o que é.

— Olha, Ana...
Léo aponta para o alto. Tão acostumados estão os olhos dos dois com o escuro que conseguem ver perfeitamente, com todos os detalhes, o urubu voando devagar sobre as torres dos prédios. Acima das torres dos prédios, tem cada vez mais estrelas formando o arco no céu.
— ... ele de novo.
É acompanhando as manobras do urubu que Ana Clara fala com o primo.
— Ele também tá querendo dizer alguma coisa, Léo, mas... espera um pouco...
Uma ideia passa pela cabeça de Ana Clara.
— ... acho que eu entendi.
— Entendeu?
— O que está acontecendo de errado.
— É melhor eu nem perguntar o que é.
— É quase simples: lá em Salvador e em Ouro Preto, quais eram os sinais que nós tínhamos do perigo, mas que ao mesmo tempo sinalizavam que estávamos no caminho certo?
Depois de pensar um pouco, Léo arrisca um palpite...
— Os Metálicos...
À medida que fala com o primo, Ana Clara vai ficando triste...
— ... e os dois helicópteros pretos dos Metálicos!
— É.
... preocupada...
— Desde que nós saímos da Avenida Paulista, não tem ninguém seguindo a gente...
... preocupada e cada vez mais assustada.
Léo concorda com a prima, mas não tem a menor noção de aonde ela quer chegar.
— E daí?

– ... e daí que o que está errado somos nós.
– Como assim, Ana?
– Os Metálicos criaram essas armadilhas no nosso caminho pra nos despistar.

Alguma coisa começa a vibrar e a fazer um sinal sonoro dentro da mochila de Léo.

– Que barulho é esse, Léo?
– Não faço a menor ideia...

Enquanto Léo tira a mochila das costas para procurar o que está vibrando, ele começa a se lembrar...

– ... Xiii!!!...

Ao mesmo tempo que o garoto abre a mochila e confirma o que está se lembrando, ele fala com a prima envergonhado, como se tivesse feito alguma coisa muito errada.

– ... é o meu celular velho...
– Celular velho?
– Lembra que eu não joguei ele fora? Foi mal.
– Então os Metálicos devem ter continuado ouvindo tudo???

Conferindo a tela de cristal líquido do aparelho, Léo descobre o óbvio: é a sua mãe.

– Acho melhor eu atender logo...

Apertando a tecla verde do aparelho, Léo tem a ideia de atender sussurrando.

– ... alô?
– *Onde vocês estão, meu filho?*

A voz da mãe de Léo está bastante eufórica. O garoto continua sussurrando.

– No cinema, mãe. Posso ligar pra você daqui a pouco.
– *Impossível eu não dizer agora a boa notícia que eu tenho pra te dar.*

— Então fala rápido.
— *O Marcão...*
A euforia faz Léo praticamente gritar...
— O que é que tem o meu cachorro?
— ... *o seu cachorro voltou, filho.*

10

LÉO DÁ UM pulo duplo e um triplo grito de felicidade.
– O Marcão?
– ... não é maravilhoso?
– Como ele tá mãe?
– *Está ótimo.*
Estranhamente, Léo começa a duvidar de que aquela seja "exatamente" uma boa notícia. Ana Clara acompanha a conversa atenta.
– Onde vocês acharam ele?
– *Foi uma senhora muito simpática que trouxe o Marcão.*
A notícia que acaba de receber só confirma o que Léo já vinha sentindo.
– Como... como... era essa senhora?
– *Uma mulher muito elegante, com uns óculos lindos imitando o casco de tartaruga, que disse que conhece você e a Ana Clara do parque...*
– Eu e a Ana?
– *... e que ela estava muito feliz de ter achado o cachorro no parque... porque vocês são "muito educados"... e competentes. Confesso que não entendi muito bem o que ela quis dizer com "competentes"... nem*

com o "muito educados"... mas o que importa é que o Marcão voltou. Venha pra casa brincar com o seu cachorro, filho.

Impossível Léo manter a euforia depois do que ele acaba de ouvir.

— Tá bom, mãe... por favor, cuida do Marcão pra mim. Não deixa ele sair pra nada... deixa ele fechado no meu quarto, até eu voltar.

Enquanto desliga o telefone, um tanto quanto confuso, Léo conta a Ana Clara tudo o que acaba de ouvir...

— ... acho melhor a gente ir pra casa, Ana.

O arco de estrelas no céu está cada vez maior! E Ana Clara cada vez mais aflita!

— Voltar pra casa, Léo?

— Os Metálicos devolveram o Marcão... pra mim, a história acabou.

Com a sua bateria de euforia totalmente recarregada, Ana Clara mostra quanto ela discorda de Léo.

— Se liga, Léo: a história pode acabar ainda mais... e muito pior... se eles devolveram o Marcão, é porque querem se livrar de nós. Sinal que estamos no caminho certo.

Léo não gosta do tom arrogante de Ana Clara.

— Tá louca?

Ana Clara gosta menos ainda do tom arrogante de Léo.

— Agora eu tenho certeza de que não.

— Eu tenho certeza de que sim.

— Tá bom... então volta pro mosteiro, pega a Didi, volta com ela pra casa e deixa que eu resolvo tudo aqui sozinha.

— É isso o que você quer: ficar... de heroína... de bruxa... sei lá do quê.

— Não, Léo. Eu quero a sua ajuda, mas você está se negando a me ajudar.

— Nós não vamos conseguir acabar com eles, Ana.
— Tudo bem... mas eles também não vão conseguir acabar com a gente.

Fica um silêncio meio nervoso no ar. Ana Clara não ignora que Léo está com medo.

— Eu também tenho medo, Léo.
— Não parece.
— Mas ter você comigo faz com que esse medo fique quase pequeno...

Mais um pouco de silêncio...

— ... se acontecer alguma coisa de ruim, Léo, e nós continuarmos existindo, pelo menos...

Enquanto diz essa última frase, Ana Clara olha por cima do ombro de Léo e arregala os olhos, como se estivesse vendo uma alma do outro mundo...

— ... você?

... ou melhor, três almas do outro mundo: a índia sem nome, uma outra índia um pouco mais velha do que a índia sem nome e um índio adulto, um pouco mais velho do que Didi e Bruno.

— ... o que vocês estão fazendo aqui?

A índia sem nome está visivelmente aborrecida.

— E eu tinha outra saída?

Ao contrário da índia sem nome, a outra índia é muito simpática e aparentemente está bastante empolgada...

— A Vivia é minha irmã e me contou que...
— Quem mandou falar o meu nome?
— ... qual o problema de falar seu nome?
— Você sabe que eu não gosto do meu nome.

Ignorando a índia sem nome, a outra índia — que também usa sandálias de borracha verdes e um vestido azul ainda mais simples do que o da índia sem nome — se apresenta.

— Eu sou Puama... e esse aqui é o nosso xamã, Jiquié. Além de Xamã ele é professor de português, de história e de tupi na nossa aldeia... e nosso pai.

O Xamã olha atentamente para Léo e acena para ele com a cabeça. A roupa do Xamã também é simples: calça *jeans* surrada, camiseta branca, sandálias de borracha pretas e uma bolsa de couro atravessada nos ombros... mas ele tem a postura ereta de um rei. Os cabelos dele são tão negros, lisos, pesados e quase tão longos quanto os cabelos das duas garotas índias.

Depois de conferir Léo, o Xamã faz o mesmo com Ana Clara, só que um pouco mais demorada e profundamente. Algo que ele encontra no olhar da garota faz com que o Xamã junte as sobrancelhas, quase assustado.

— Você sabe onde está se metendo, menina?

A advertência do Xamã faz Ana Clara tremer...

— Acho que eu tenho uma pequena ideia.

— Ainda bem que você não sabe...

Antes de terminar sua frase, o Xamã abre um discreto, mas confiante, sorriso.

— ... senão, você não estaria aqui.

Sorriso que alivia Ana Clara e faz com que ela também sorria.

É o Xamã quem continua falando...

— Como é que eu posso ajudar você?

Espera aí! Quando Ana ficou sabendo que aquele índio era o Xamã, ela até tinha ficado aliviada achando que ele é quem ia conduzir os próximos acontecimentos. Pelo visto, não é exatamente isso o que vai acontecer. Mas Ana Clara não é do tipo de garota que se deixa abater!

— Vindo comigo até o Pátio do Colégio e me contando o que eu puder saber sobre esse tal de alinhamento circular.

— Ainda bem que você sabe que tem coisas que não se pode saber...

O Xamã caminha entre Ana Clara e Léo. Vivia, a ex-índia sem nome, faz questão de ir ao lado de Léo, e Puama vai ao lado de Vivia. Léo não gosta muito daquela proximidade.

— ... o alinhamento circular acontece cada cem anos... e é, para nós, os índios, a noite mais perigosa, porque deixa expostos os nossos segredos mais antigos... ou a fonte dos nossos segredos... segredos que mantêm equilibrados o mundo físico e outros mundos... você sabe que existem vários níveis de mundo, não sabe?

Ana Clara tem certeza!

— Acho que eu sei.

— Existe um guardião que mantém a chave do segredo desse equilíbrio. Todas as forças dos xamãs, cada cem anos, nesta noite, devem se concentrar para que esse guardião seja mantido do jeito que ele está... e onde ele está... e também cuidar para que as forças ancestrais negativas não interfiram nesse equilíbrio. Se isso acontecer, ninguém sabe o que pode virar o mundo...

Ana Clara olha para cima... falta pouco para o arco de estrelas se completar no céu.

— Imagino!

— Não, você não imagina, menina... desta vez, nós temos uma outra ameaça...

— Outra ameaça?

— Pelo que eu entendi, além de controlar os segredos que vêm do passado... nós, os xamãs, temos que zelar também por alguma coisa que vem do futuro.

— Futuro?

— É... alguma coisa que vem do futuro e que quer o guardião do equilíbrio circular.

Juntando a história que acaba de ouvir ao que ela já vinha observando, pensando, aprendendo e refletindo, não é difícil para Ana Clara juntar e concluir...
– ... é isso o que os Metálicos querem.
– Metálicos quem?
– São cientistas... ou aparentemente cientistas que estão querendo entender e dominar a nossa cultura. Eu pensei que fosse só a cultura popular, mas, pelo visto, é bem mais profundo...
– Quem são esses cientistas?
– Eu não faço a menor ideia... mas também isso não importa agora, Jiquié... o arco de estrelas está quase todo formado no céu...
– Quando a Puama me contou que a Vivia tinha conhecido você, eu senti que precisava me juntar a você, pra tentar entender tudo... eu sei nos proteger do passado... mas acho que não do futuro.
Mais uma ideia anima Ana Clara.
– Jiquié, não tenho certeza se minha ideia vai nos ajudar. Mas... é o único jeito...
É nesse momento que Ana Clara percebe na escuridão um grupo que se aproxima.
– ... eles não esperaram a gente!
A garota se refere a um enorme grupo de índios que se aproxima; a maioria, crianças. Um índio mais velho vem na frente.
Léo não entende.
– E eu que pensei que os índios do Brasil estavam em extinção!
Acompanhando o grupo se aproximar, Ana Clara explica.
– É o coro que estava ensaiando no Pátio do Colégio.

– E por que é que eles estão vindo pra cá?
Ana Clara não tem tempo de explicar ao primo. Os índios já chegaram. Como eles não se conhecem pessoalmente, Ana Clara apresenta rapidamente o índio mais velho que acaba de se aproximar do Xamã Jiquié.
– Esse é o Pyryru. Ele é o ensaiador do coral.
Léo está intrigadíssimo!
– Como é que você conhece ele, Ana?
– *Helloooo*! Léo? O que você acha que eu fiquei fazendo dentro do Pátio do Colégio aquele tempo todo?
Os dois índios se reconhecem como sendo de aldeias diferentes, mas parentes, e se cumprimentam. Pyryru estranha a presença de um Xamã ali, especialmente naquela noite.
– ... você não deveria estar zelando pelo alinhamento circular?
Ana Clara está cada vez mais aflita. O arco no céu está quase completo.
– Não dá pra vocês conversarem isso depois? Vamos voltar pro Mosteiro de São Bento!
Léo não entende...
– Voltar pro mosteiro?
Jiquié não gosta nada do que acaba de ouvir. É como se ele tivesse escutado mais do que gostaria; ou Ana Clara dito mais do que deveria.
– O que você sabe sobre o mosteiro?
Finalmente, Ana Clara responde a Léo e a Jiquié ao mesmo tempo.
– É embaixo do Mosteiro de São Bento que está o que os cientistas querem... o começo... ou os restos do começo... ou o segredo do começo... e essas crianças vão cantar um canto secreto em volta do mosteiro até o alinhamento

circular se desmanchar... pra tentar com o canto secreto proteger o guardião da chave do segredo.

– "Só" cantar, Ana?

Se para Léo está difícil acreditar no que ele acaba de ouvir, para Jiquié a ideia de Ana Clara faz o maior sentido...

– Acho que, enquanto elas cantam, eu posso ajudar de outra maneira...

... mas com uma pequena correção...

– ... não é para o Mosteiro de São Bento que nós temos que ir.

– Não?

Em vez de reponder, Jiquié começa a andar. Ele sabe que o tempo está quase acabando. Todos vão atrás dele, inclusive Ana Clara, sob protestos!

– Mas, Jiquié...

Tomando todo cuidado para que ninguém mais o ouça, Jiquié olha para Ana Clara e sussurra...

– Não diz mais nada...

Ana Clara não entende a frase de Jiquié como uma advertência, e sim como o início de uma profunda cumplicidade. Como a garota respeitou o seu pedido, Jiquié resolve confiar um pouco mais nela...

– ... os restos da tribo estão embaixo do Mosteiro de São Bento. O que os Metálicos querem está em outro lugar.

Outro lugar? Onde? Sobre o que Jiquié está falando? O Pátio do Colégio? Melhor Ana Clara ter paciência... Léo chega perto dela.

– Será que nós podemos confiar nele, Ana?

– Não temos outra saída, Léo.

Quando Jiquié passa direto pelo Pátio do Colégio, Ana Clara fica confusa e insegura. Mais confusa e insegura ela fica quando percebe que ele está cruzando uma enorme praça – a Praça da Sé – e indo em direção à estação Sé do metrô. A garota deixa escapar suas dúvidas em forma de uma exclamação atrevida.

– Mas o metrô está fechado a essa hora...

O olhar fulminante de Jiquié silencia as dúvidas da garota. Quando ela vê ao fundo, na praça, a enorme Cadetral da Sé, Ana Clara começa a entender que é em direção a ela que Jiquié está conduzindo o grupo.

– Mas...

Outro olhar fulminante. Ana Clara fica quieta novamente.

– ... tá bom!

Quando todo o grupo está em frente da escadaria da grande cadetral, Jiquié para, olha para o céu e fala com Pyryru.

– É aqui.

Pyryru sabe que não há tempo para questionar. Ele espalha as crianças pela escada e dá o sinal para que elas comecem a cantar.

– Vem, Léo.

Ana Clara e Léo se sentam em um degrau perto do coro. Puama arrasta Vivia pela mão e as duas se juntam ao coro de crianças índias. Enquanto se senta ao lado da prima, Léo vê o que não gostaria de ter visto...

– ... os Metálicos!

Sim, são eles! Muitos! De terno cinza e óculos de lentes metálicas e que acabam de chegar a algumas esquinas que as ruas ao redor fazem com a Praça da Sé. A maioria dos homens está com cara de pouquíssimos amigos e acompanha atentamente, aborrecidamente e sem entender muito bem cada detalhe do que acontece em frente à cadetral.

As crianças começam...

Ingá Inajá Açaí Paberebá
Tucumã uxi piquiá miriti
Uruá uruá murutucu patuá

Ao mesmo tempo que as crianças índias começam a cantar, Jiquié se coloca no centro dos degraus da escada, um pouco à frente do coro, abre sua bolsa e tira de dentro dela alguns galhos com folhas de vários tamanhos e formatos. São muitos galhos! E muitas folhas! Parece que Vivia e Puama entenderam qual é a canção. Elas também entram no coro.

Uruá uruá murucutu patuá
Uruá uruá murucutu patuá

Em seguida, Jiquié arruma as folhas no chão formando uma pequena pirâmide.
– Olha, Ana, o Xamã está fazendo uma minifogueira.
Assim que confere que as folhas começaram a queimar, Jiquié tira de sua bolsa um chocalho e começa a movimentá-lo vigorosamente sobre a fogueira, ritmado com o canto das crianças.

Caá-manha caapi cucura uiraperi
Paricá paraná pipoca tacacá

– É uma fogueira, Léo. Só não sei se é mini.
O comentário de Ana Clara é porque a quantidade de fumaça que sai dos pequenos galhos queimando é muito grande... e se espalha pela praça com o som das vozes das crianças e do chocalho do Xamã.
– Parece um efeito especial.

Meuá mapiguari kerpi-manha kiriri

Ana Clara balança a cabeça concordando com o primo.

Meuá mapiguari kerpi-manha kiriri

A fumaça forma uma espécie de cone cilíndrico que sobe como se fosse uma serpente obedecendo a um encantador. Mais Metálicos aparecem por todos os lados...

Jacaré uirapuru aruanã pirarucu

... mas a cena que Léo e Ana Clara veem em frente às escadas é muito mais interessante do que acompanhar os Metálicos cercarem a Praça da Sé.
— Olha, Ana... a fumaça está andando.
O que Léo quis dizer com essa frase é que a ponta do cone cilíndrico está indo em direção a um dos cantos da Catedral da Sé deixando um rastro suspenso no ar...

Ata canza ganza maracá
Cajuí caja araçari cupu-açu

... algum tempo depois, a ponta do cilindro reaparece, vindo do lado oposto de onde ela tinha desaparecido.
— A fumaça deu a volta na igreja, Ana.
Formou-se um halo de fumaça em torno da Catedral da Sé. Ana Clara confere o céu...
— O arco de estrelas está completo.

Cajuí caja araçari cupu-açu
Tatu suaasu papyira jaburu

Léo é o primeiro a ver...
— Ana...
... um dos Metálicos recebe uma chamada através de um rádio que até aquele momento Léo não tinha visto. Ainda desligando o rádio, o homem caminha vigorosamente rumo à lateral da igreja.
— Olha, Léo... ele tá indo em direção a uma das portas laterais da catedral.
— Duvido que essa fumacinha segure ele. Se fosse um raio *laser*...
Não será preciso muito tempo para Léo confirmar a sua teoria.
Ignorando o cordão de fumaça em torno da igreja, o homem pisa na calçada e caminha em direção à porta que Ana Clara viu.

Ingá Inajá Açaí Paberebá
Tucumã uxi piquiá miriti
Uruá uruá murutucu patuá

Quando ele esbarra no cordão de fumaça, o Metálico tem a reação de quem levou um choque muito forte.

Uruá uruá murucutu patuá
Uruá uruá murucutu patuá

O impacto que teve com o choque arremessa o Metálico para o outro lado da rua, desacordado.

Uruá uruá murucutu patuá
Uruá uruá murucutu patuá

— ... nem se fosse um raio *laser* acho que teria arremessado o cara com tanta força.
— Se eu fosse você, Léo, não acreditava só em alta tecnologia.

Alguns outros Metálicos correm em direção ao que caiu, pegam do chão o homem desacordado e vão com ele por uma das ruas.

Caá-manha caapi cucura uiraperi
Paricá paraná pipoca tacacá

Léo vibra!
— *Yeess*!
Ana Clara, nem tanto...
— Muito cedo pra comemorar, Léo.
— Se liga, Ana! Olha lá... os caras estão indo embora.

É verdade! Enquanto Ana Clara falava com Léo, ela acompanhou quase todos os homens tirarem seus radiotransmissores do bolso, conferirem alguma possível mensagem em uma provável tela de cristal líquido dos rádios e começarem a se afastar.

Ingá Inajá Açaí Paberebá
Tucumã uxi piquiá miriti
Uruá uruá murutucu patuá

— Nem sempre as coisas são como elas parecem ser.
Agora é Léo quem confere o céu; e ele fica mais animado ainda.
— As estrelas estão sumindo, Ana.

Meuá mapiguiari kerpi-manha kiriri
Jacaré uirapuru aruanã pirarucu

Conferindo o que Léo acaba de dizer é que Ana Clara vê e ouve o primeiro helicóptero preto no horizonte. Depois o segundo... o terceiro... e, finalmente, o quarto... ao mesmo tempo que desaparece a última estrela do arco e o céu fica de novo totalmente escuro.

Ata canza ganza maracá
Cajuí caja araçari cupu-açu

Léo começa a comemorar...
– ELES foram embora! Ana Clara se assusta...
– Mas ela não foi.
... e aponta para o primo o que ela acaba de ver.
– Xiii!!!.... a Velha Senhora!
Ela está sozinha, com cara de pouquíssimos amigos, olha fixamente para Ana Clara e se aproxima da corrente de fumaça que protege a Cadetral da Sé e os primos arrepiados. Ana Clara se levanta. Léo se assusta.
– O que foi, Ana?
– Ela quer falar comigo.
– Mas...
Nem há tempo para Léo completar a sua frase. Ana Clara caminha devagar também em direção à corrente de fumaça. Sabendo que não pode ultrapassar aquela barreira, a Velha Senhora para quase encostada nela. Assim que chega em frente à Velha Senhora, Ana Clara também para.
– A senhora quer falar comigo?
O som das vozes dos índios continua se espalhando pela noite.

Ingá Inajá Açaí Paberebá

Tucumã uxi piquiá miriti
Uruá uruá murutucu patuá

Daqui para frente, é impossível para Ana Clara saber se o tom da Velha Senhora é amigo ou hostil.

– Eu deveria estar furiosa com você...

Ana Clara não aproveita a pausa que a Velha Senhora criou. A garota não tem nada a dizer. Pelo contrário, ela quer ouvir.

– ... mas confesso, Ana Clara, que nesse momento, mesmo tendo mais uma vez frustrado os nossos planos, e até por isso, eu estou admirando você e seu primo... a coragem de vocês... a energia... e esse jeito de entrar em ação com a intuição e o coração, mesmo sem saber muito bem que rumo as coisas estão tomando ou podem tomar...

Meuá mapiguiari kerpi-manha kiriri
Jacaré uirapuru aruanã pirarucu

Outra pausa. Ana Clara continua quieta.

– ... nós precisamos de você e de seu primo.

– !

– Talvez você e o Léo sejam as pessoas que mais e melhor possam nos ajudar a alcançar os nossos objetivos por aqui.

Parece que o que ela acabou de ouvir ofendeu Ana Clara.

– Léo e eu e não vamos ajudar vocês.

– Por que não?

– Primeiro porque eu não sei direito o que vocês querem...

Ata canza ganzá maracá
Cajuí caja araçari cupu-açu

— E se você souber?
— ... se o que vocês querem é decifrar os segredos da nossa cultura, eu já acho isso errado mesmo sem saber direito.
— Como é fácil pra vocês qualificarem as coisas de certo e errado. Se você soubesse pelo menos parte do que nós podemos e pretendemos fazer com as coisas que vamos levar daqui, você me ajudaria...
— Vocês não vão levar nada.
— Isso é o que você pensa.
— Eu não vou ajudar.
— Não precisa responder agora.
— Preciso sim!
— Nós somos muito mais fortes do que vocês.
— A resposta continua sendo não.

Engolindo o aborrecimento com o que acaba de ouvir, a Velha Senhora ameaça sorrir...
— Vamos ver até quando você suportará manter esse "não".

Sem dizer mais nada, a Velha Senhora vira as costas para Ana Clara e caminha em direção à rua escura por onde ela tinha chegado. Algum tempo depois, ouve-se um helicóptero levantando voo.

Cajuí caja araçari cupu-açu
Tatu suaasu papyira jaburu

Em seguida, o helicóptero levando embora a Velha Senhora cruza a Praça da Sé e ganha altura. Ana Clara se junta a seu primo novamente. Ela está visivelmente assustada e cansada.
— O que ela queria?

Segurando forte e carinhosamente a mão do primo, Ana Clara sorri.
— Posso falar depois?
Léo corresponde ao aperto de mão e ao sorriso de Ana Clara.
— Tá tudo bem?
— Por enquanto está.

Cajuí caja araçari cupu-açu
Tatu suaasu papyira jaburu

Ana Clara prefere conferir que as ervas que o Xamã pôs para queimar estão acabando.

Ingá Inajá Açaí Paberebá
Tucumã uxi piquiá miriti
Uruá uruá murutucu patuá

Ao ver a fogueira se apagar, Jiquié faz um sinal para Pyryru, as crianças param de cantar e a praça fica novamente em absoluto silêncio. Só Puama, visivelmente muito cansada, se aproxima de Léo e de Ana Clara. Pyryru já está saindo da praça com as crianças. O Xamã, apoiado sobre Vivia, faz o mesmo. Todos andam devagar. Parece que os índios se desgastaram muito com o que acabou de acontecer.
— O Jiquié pediu pra eu agradecer o que vocês fizeram por nós, Ana Clara.
— Nós não fizemos nada sozinhos... e acho que não foi só por vocês.
— Mesmo assim, obrigada.
— Por nada. Está tudo bem com o Jiquié, Puama?
— Ele só precisa descansar, Ana.

— Eu tinha tantas coisas pra conversar com ele.
— Agora vai ser impossível.
— Pensando bem, acho que eu também preciso descansar.
— Algum dia vocês se reencontrarão. Afinal, não é só o alinhamento das estrelas que é circular. Tudo é circular.
— Tem razão.
— Como é que você e seu primo vão embora?
— Com a nossa tia. Ela está lá no Mosteiro de São Bento.
Léo corrige Ana Clara.
— Olha a Didi e o Bruno, Ana.
A visão de Didi alegra e quase recupera Ana Clara. Enquanto se aproximam, Didi e Bruno acompanham Puama se afastar, juntar-se ao grupo de índios que já vai longe pela praça em direção ao Pátio do Colégio. Léo pula das escadas e vai em direção à tia.
— O Marcão voltou, Didi.
Didi está furiosa demais para prestar atenção na alegria de Léo.
— Espero que a desculpa que vocês tenham para me dar seja boa.
Ainda intrigada, Ana Clara se levanta das escadas e vai até Didi e Bruno.
— No caminho de casa eu explico, Didi... Bruno, você sabe o que é que tem aqui?
— Na Catedral da Sé?
— É.
Bruno pensa um pouco... mais um pouco... e se assusta.
— A cripta...
— Cripta?
— ... onde ficam alguns restos mortais famosos.

— Famosos como?
— Que fizeram parte da história da cidade... como o índio Tibiriçá, por exemplo.
— Tibiriçá?
— Ele era cacique da tribo que existia onde hoje é o Mosteiro de São Bento... O cacique Tibiriçá foi muito importante nos primeiros contatos entre os índios e os europeus... por que, Ana?

Ana Clara confere mais uma vez a fachada da imponente catedral. Ela não parece ter 111 metros. Com a frustração de não ter encontrado a resposta para os 111 metros, a garota sorri.

— No caminho eu explico.

Didi pega Ana Clara e Léo pelas mãos e segue com eles ao lado de Bruno. Ao ver que, diferente do que ela tinha pensado, o grupo não está indo para o Largo São Bento, Ana Clara breca os tênis no cimento do calçadão.

— Aonde é que nós estamos indo?

É Bruno quem responde.

— Meu carro está estacionado atrás da cadetral.
— Pensei que nós íamos voltar ao mosteiro...

Parece que Bruno não gosta muito do que acaba de ouvir.

— Já está tarde, Ana.
— Eu queria agradecer à Dona Marta.
— Não acho essa uma boa ideia...

Não dá para Ana Clara ignorar o desconforto que a sua ideia causou em Bruno.

— Por que não?
— Ela já fez por nós o que podia...
— Mas...
— ... é melhor deixar a Dona Marta descansar.

O tom que Bruno usa para sua frase é tão grave que Ana Clara nem tem coragem de questionar.
— Tá bom.
— Vamos logo, Ana, não vejo a hora de abraçar o Marcão.
— Eu tô cansada.
— Você é muito fraquinha.
— Se liga, menino bobo.

CHEIA DE MISTÉRIOS...

Como Ana Clara foi com seus pais para a praia – aproveitar o último fim de semana prolongado antes do inverno –, Léo se recusou até a pensar sobre as coisas que tinham acontecido desde o dia em que ele e sua prima foram ao parque e se encontraram com a Velha Senhora, que colocou algum estranho *chip* no Marcão e que deu início à mais uma aventura dos primos arrepiados.

Mesmo sendo prolongado, o fim de semana acabou. Assim que chegou em casa, Ana Clara ligou para o Léo...

– Você não sabe o que eu descobri, pesquisando numa *lan house* na praia!

Os cabelos de Léo se arrepiam!

– Os Metálicos já voltaram?

– Não... ou melhor, ainda não.

– Então o que foi?

– Só falo pessoalmente.

– Tô indo pra sua casa agora.

Assim que Léo chega na casa de Ana Clara, a garota leva seu primo até o computador, que já está ligado e com a página inicial do *site* do provedor de acesso à internet totalmente aberta.

— Sou eu que vou navegar?
Sentando-se ao lado de seu primo, Ana Clara diz...
— Não... é a mulher do padre.
— Se liga!
— Se liga você.
Léo confere as notícias da página do provedor.
— O de não sei quem, não sei aonde...
— Vai, Léo. Mas não foi por isso que eu te chamei aqui.
— Para de suspense, Ana.
— Digita na área de busca "Catedral da Sé"... ou melhor, Catedral Metropolitana de São Paulo.
Assim que Léo digita, aparecem na tela as opções de *sites* com informações sobre a Catedral da Sé.
— Vai direto pra página da enciclopédia.
Como o acesso à internet está um pouco lento, primeiro o que aparece são as informações escritas. Léo quase não aguenta mais de tanta curiosidade.
— As imagens vão levar um tempão pra aparecer.
— Você não vai precisar das imagens.
— Não?
— Confere o texto.
Ainda sem entender muito bem o que está fazendo, Léo começa a ler em voz alta...
— ... em estilo neogótico, é a maior igreja de São Paulo. A cúpula é magistral. As duas torres medem 92 metros de altura. A Catedral da Sé tem 46 metros de largura... e 111 metros de comprimento...
Os cabelos de Léo se arrepiam.
— ... 111 metros...
— ... de comprimento, Léo... nós quase erramos porque pensamos só na altura...
Léo não sabe o que dizer. Ana Clara sabe...

– ... às vezes, Léo, é preciso olhar para as coisas de outros pontos de vista.

– Tô ligado...

Não querendo dar muito ibope para o ego de sua prima, Léo resolve mudar de assunto.

– ... vou ver se chegou algum *e-mail* pra mim.

Quando Léo volta para a página inicial do *site*, ele pensa em ir direto para a área de acesso ao *webmail*. Mas Ana Clara vê alguma coisa nova na página inicial do *site*, que acaba de ser atualizada, e arregala os olhos...

– Um acidente!

Léo começa a ler em voz alta trechos da notícia que Ana Clara já vinha lendo silenciosamente.

– ... um acidente de automóvel matou ontem, no quilômetro 375 da Rodovia dos Bandeirantes, o monge beneditino Raul de Oliveira Góes, de 83 anos...

Sob a notícia, a foto de um senhor muito gordo, idoso e simpático vestindo o hábito negro dos monges beneditinos.

– ... o acidente foi provocado por um motorista imprudente que tentou fazer uma ultrapassagem proibida...

Assim que confere a foto, imediatamente Ana Clara reconhece o rosto que ela tinha visto no porta-retratos, na biblioteca subterrânea do Mosteiro de São Bento. Ela lamenta bastante triste...

– O Frei Raulzinho morreu!

Enquanto Ana Clara parou para se lamentar, Léo seguiu lendo o restante da notícia; e o que lê faz com que o garoto quase caia da cadeira. Léo nem consegue falar direito...

– A... An... Ana...

Quando Ana Clara olha para Léo, ela se assusta. Além de estar arrepiado como nunca esteve, o garoto está branco e os olhos dele estão quase pulando.

— O que foi, Léo?

O garoto não consegue dizer mais nada; só apontar para o que ele acaba de ler. Antes do último bloco da notícia, há um espaço com três fotos. Exatamente as três fotos que Ana Clara viu sobre a mesa do monge Raulzinho quando desceu à biblioteca dele: o próprio monge, Dona Marta e um homem que Ana Clara entendeu como sendo o pai do monge. Abaixo da foto, o último parágrafo da notícia. Ana Clara confere, lendo em voz alta...

— ... um estranho fato chama a atenção para o acidente. O carro do monge beneditino se chocou com um carro exatamente no mesmo lugar onde, há cerca de dez anos, outro acidente levou a vida de seus pais, Luiz Otávio de Souza Góes e Marta Fernandes de Oliveira Góes.

As tranças de Ana Clara ficam ainda mais arrepiadas do que ficaram os cabelos espetados de Léo.

— Então, a Dona Marta...

— ... ela morreu há dez anos.

Tudo o que Léo e Ana Clara conseguem fazer é trocar o olhar mais confuso que eles já trocaram desde que nasceram.

Como se fosse uma mensagem de texto deixada em um telefone celular, vem à mente de Ana Clara a frase com a qual ela, Léo, Didi e Bruno foram recebidos por Dona Marta, no mosteiro, na noite do alinhamento circular... *quem é vivo sempre aparece!*

SOBRE O AUTOR

Toni Brandão já vendeu mais de 1 milhão e meio de exemplares. Ele é um dos poucos autores multimídia do Brasil, com projetos de sucesso em literatura, teatro, cinema, internet e televisão. Seus projetos aliam qualidade, reflexão e entretenimento.

Suas obras discutem de maneira clara, bem-humorada e reflexiva temas próprios para os leitores pré-adolescentes e jovens.

Toni ganhou prêmios importantes, como o da APCA (Associação Paulista de Críticos de Arte), o Mambembe e o Coca-Cola. Entre seus livros mais vendidos estão: *Cuidado: garoto apaixonado*, *O garoto verde*, *Os Recicláveis!* e *Perdido na Amazônia*.

Alguns títulos de Toni já estão fazendo carreira internacional em Portugal e em países de língua espanhola.

Conheça o site de Toni Brandão: www.tonibrandao.com.br.

Este livro foi produzido em 2016 pelo IBEP.
A tipologia usada foi a Clearface
e o papel utilizado, offset 75 g.